SV

Band 1300 der Bibliothek Suhrkamp

Peter Handke
Die drei Versuche

Versuch über die Müdigkeit

Versuch über die Jukebox

Versuch über den geglückten Tag

Suhrkamp Verlag

Erste Auflage 1998

Druck: Nomos Verlagsgesellschaft, Baden-Baden
Printed in Germany

1 2 3 4 5 6 – 03 02 01 00 99 98

Versuch über die Müdigkeit

Καὶ ἀναστὰς ἀπὸ τῆς
προσευχῆς ἐλθὼν πρὸς
τοὺς μαθητὰς εὗρεν
κοιμωμένους αὐτοὺς
ἀπὸ τῆς λύπης

Und aufgestanden vom Gebet, kommend zu
den Jüngern, fand er sie eingeschlafen
vor Betrübnis

Lukas 22,45

Früher kannte ich nur Müdigkeiten zum Fürchten.

Wann früher?

In der Kindheit, in der sogenannten Studienzeit, ja noch in den Jahren der frühen Lieben, gerade da. Während einer der Christmetten saß das Kind inmitten der Angehörigen in der dichtbevölkerten, blendhellen, von den bekannten Weihnachtsliedern schallenden Heimatkirche, umgeben von Tuch- und Wachsgeruch, und wurde befallen von der Müdigkeit mit der Wucht eines Leidens.

Was für ein Leiden?

Wie man Krankheiten »häßlich« oder »bösartig« nennt, so war diese Müdigkeit ein häßliches und bösartiges Leiden; welches darin bestand, daß es entstellte, sowohl die Umgebung – die Kirchenbesucher zu einpferchenden Filz- und Lodenpuppen, den Altar samt blinkendem Aufputz in der undeutlichen Ferne zu einer Stätte der Torturen, begleitet von den wirren Ritualen und Formeln der Ausführer – als auch das Müdkranke selber, zu einer Groteskfigur mit Elefantenkopf, auch so schwer, so trockenäugig, so wulsthäutig; entzogen durch die Müdigkeit dem Stoff der Welt, in diesem Fall der Winterwelt, der Schneeluft, der Menschenleere, etwa auf jenen Schlittenfahrten nachts unter den Sternen, wenn die anderen Kinder allmählich in die Häuser verschwunden waren, weit über die Ränder des Dorfes hinaus, allein, begeistert: vollkommen *da*, in der Stille, im Sausen, im Blau des vereisenden Wegs – »es zieht an«, sagte man von solcher wohligen Kälte. Nun aber, dort in der Kirche, die ganz andere Kälteempfindung des von der Müdigkeit als einer Eisernen Jungfrau Umschlossenen, und es, das Kind, ich bettelte mitten in der Mette heim, was fürs erste einmal bloß »hinaus!« hieß, und verdarb seinen Angehörigen damit eine der ohnehin, durch das Schwinden der Bräuche, immer selteneren Gemeinschaftsstunden mit den anderen Bewohnern der Gegend (wieder einmal).

Warum beschuldigst du dich (wieder einmal)?

Weil die Müdigkeit von damals selbst schon verbunden war mit einem Schuldgefühl, von diesem sogar noch verstärkt wurde, zum akuten Schmerz. Wieder einmal versagst du in der Gemeinschaft: zusätzlich ein Stahlband um die Schläfen, zusätzlich ein Blutentzug vom Herzen; noch Jahrzehnte danach wiederholt eine jähe Scham über jene Müdigkeiten; seltsam nur, daß mir von den Angehörigen später zwar einiges vorgehalten wurde, nie aber sie . . .

War es dann ähnlich mit den Müdigkeiten der Studienzeit?

Nein. Kein Schuldgefühl mehr. Die Müdigkeit in den Hörsälen ließ mich mit den Stunden im Gegenteil sogar aufsässig oder aufbegehrend werden. Es war in der Regel weniger die schlechte Luft und das Zusammengezwängtsein der Studentenhunderte als die Nichtteilnahme der Vortragenden an dem Stoff, der doch der ihre sein sollte. Nie wieder habe ich von ihrer Sache so unbeseelte Menschen erlebt wie jene Professoren und Dozenten der Universität; jeder, ja, jeder Bankangestellte, beim Hinblättern der, gar nicht *seiner*, Scheine, alle Straßenteerer in den Hitzeräumen zwischen Sonne oben und Teerkoch unten wirkten beseelter. Wie mit Sägemehl ausgestopfte Würdenträger, deren Stimmen keinmal von dem, was sie besprachen, in ein Schwingen des Staunens (des guten Lehrers selber über seinen Gegenstand), der Begeisterung, der Zuneigung, des Sich-Fragens, der Verehrung, des Zorns, der Empörung, des Selber-nicht-Wissens gebracht wurden, vielmehr unablässig nur leierten, abhakten, skandierten – freilich nicht im Brustton eines Homer, sondern dem der vorweggenommenen Prüfung –, höchstens zwischendurch mit dem Unterton eines Witzelns oder einer hämischen Anspielung für Eingeweihte, während es draußen vor den Fenstern grünte und blaute und dann schon dunkel wurde: bis die Müdigkeit des Hörers in Unwillen, der Unwille in Übelwollen umschlug. Wieder, wie in der Kinderzeit, das »Hinaus! Weg von euch allen hier!« Nur wohin? Heim, wie damals? Dort aber, in der Mietkammer, war jetzt während der Studienzeit eine andere neuartige, im Elternhaus unbekannte Müdigkeit zu befürchten: die Müdigkeit in einem Zimmer, am Rand der Stadt, allein; die »Alleinmüdigkeit«.

Aber was war an der zu fürchten? Stand nicht neben Stuhl und Tisch in der Kammer gleich das Bett?

Das Schlafen als Ausweg kam nicht in Frage: Zunächst einmal wirkte sich jene Art der

Müdigkeit aus in einer Lähmung, aus der heraus in der Regel nicht einmal ein Krümmen des kleinen Fingers, ja kaum ein Wimpernzucken möglich war; selbst das Atmen schien ins Stocken geraten, so daß man sich erstarrt bis ins Innerste fühlte zu einer Müdigkeitssäule; und wenn doch einmal der Schritt ins Bett geschafft wurde, dann kam es, nach einem schnellen, ohnmachtsähnlichen Wegschlafen – keine Empfindung von Schlaf –, beim ersten Umdrehen zum Aufwachen hinein in die Schlaflosigkeit, meist ganze Nächte lang, denn die Müdigkeit im Zimmer allein pflegte immer am späten Nachmittag oder am frühen Abend hereinzubrechen, mit der Dämmerung. Von der Schlaflosigkeit haben andere schon genug erzählt: wie sie am Ende dem Schlaflosen sogar das Weltbild bestimmt, so daß er das Dasein, beim besten Willen, nur noch als Unglück, jedes Handeln als sinnlos, jede Liebe als lächerlich sehen kann. Wie der Schlaflose daliegt bis hinein ins Fahllicht des Morgengrauens, das ihm die

Verdammnis bedeutet, über ihn allein da in seiner Schlaflosigkeitshölle hinaus des ganzen fehlgeratenen, auf den falschen Planeten verschlagenen Menschenwesens ... Auch ich war in der Welt der Schlaflosen (und bin es, immer wieder, noch jetzt). Die ersten Vögel noch in der Finsternis, im Vorfrühling: wie österlich sonst oft – wie hohnvoll aber nun hereinschrillend zum Zellenbett, »wieder-ei-ne-Nacht-ohne-Schlaf«. Das Schlagen der Kirchturmuhren jede Viertelstunde, gut vernehmbar auch die entferntesten, als Ankünder wieder eines üblen Tages. Das Fauchen und Kreischen zweier übereinander herfallender Kater in der Reglosigkeit als das Laut- und Deutlichwerden des Bestialischen im Zentrum unserer Welt. Die angeblichen Lustseufzer oder -schreie einer Frau, in ebenso stehender Luft unvermittelt einsetzend, wie wenn, genau über dem Schädel des Schlaflosen, auf Knopfdruck eine in Serie erzeugte Maschine anspränge, als das plötzliche Fallenlassen unser aller Zuneigungsmasken und das Hervorkehren panischer Selbstsucht (da liebt kein Paar, sondern wieder einmal ein jeder lauthals allein sich) und Gemeinheit. Episodische Stimmungen der Schlaflosigkeit – den beständig Schlaflosen freilich, so verstehe ich jedenfalls deren Erzählungen, können sie endgültig erscheinen, sich fügen zu Gesetzlichkeiten.

Aber du, der doch nicht chronisch Schlaflose: Bist du nun darauf aus, vom Weltbild der Schlaflosigkeit zu erzählen oder dem der Müdigkeit?

Auf dem natürlichen Weg über jenes der Schlaflosigkeit von dem der Müdigkeit, oder, richtiger, in der Mehrzahl: Ich will erzählen von den unterschiedlichen Weltbildern der verschiedenen Müdigkeiten. – Wie zum Fürchten war etwa seinerzeit die Art der Müdigkeit, die sich zusammen mit einer Frau ergeben konnte. Nein, diese Müdigkeit ergab sich nicht, sie ereignete sich, als ein physikalischer Vorgang; als Spaltung. Und sie traf auch nie mich allein, sondern jedesmal zugleich die Frau, so als käme sie, wie ein Wetterumschlag, von außen, aus der Atmosphäre, vom Raum. Da lagen, standen oder saßen wir, gerade noch selbstverständlich zu zweit, und von einem Moment zum andern unwiderruflich getrennt. Ein solcher Moment war immer einer des Erschreckens, manchmal sogar des Entsetzens, wie bei einem Sturz: »Halt! Nein! Nicht!« Aber nichts half; die beiden fielen schon, unaufhaltsam, weg voneinander, ein jeder in seine höchsteigene Müdigkeit, nicht unsere, sondern meine hier und deine dort. Mag sein, daß die Müdigkeit in diesem Fall nur ein anderer Name für Gefühllosigkeit oder Fremdheit war – doch für den Druck, der auf dem Umkreis lastete, war sie das der Sache gemäße Wort. Auch wenn der Ort des Geschehens zum Beispiel ein großes klimatisiertes Kino war: Es wurde heiß und eng. Die Sesselreihen krümmten sich. Die Farben auf der Leinwand wurden schwefelig und bleichten dann aus. Wenn wir einander zufällig berührten, zuckten eines jeden Hände weg von einem widrigen Stromschlag. »Am späten Nachmittag des ... brach über das Apollo-Kino von ... aus heiterem Himmel eine katastrophale Müdigkeit herein. Zum Opfer fiel ihr ein junges Paar, das, eben noch Schulter an Schulter, von der Müdigkeitsdruckwelle auseinanderkatapultiert wurde und am Ende des Films, der im übrigen *Von der Liebe* hieß, ohne noch einen Blick oder ein Wort für den andern, für immer getrennte Wege ging.« Ja, solch entzweiende Müdigkeiten schlugen einen jeweils mit Blickunfähigkeit und Stummheit; nicht und nicht hätte ich zu ihr sagen können: »Ich bin deiner müde«, nicht einmal ein einfaches »Müde!« (was, als gemeinsamer Aufschrei, uns vielleicht aus den Einzelhöllen befreit hätte): Solche Müdigkeiten brannten uns das Sprechenkönnen, die Seele, aus. Wären wir dann doch tatsächlich imstande gewesen, getrennte Wege zu gehen!

Nein, jene Müdigkeiten bewirkten, daß die im Innern Entzweiten außen, als Körper, zusammenbleiben mußten. Dabei kam es dann, daß die beiden, von dem Müdteufel besessen, selber zum Fürchten wurden.

Zu fürchten von wem?

Jeweils vom andern. Jene Art Müdigkeit, sprachlos, wie sie bleiben mußte, nötigte zur Gewalt. Diese äußerte sich vielleicht nur im Blick, der das andre entstellte, nicht bloß als einzelne Person, sondern auch als das andere *Geschlecht*: Häßliches und lächerliches Weiber- oder Männer-Geschlecht, mit diesem eingefleischten Frauengang, mit diesen unverbesserlichen Männerposen. Oder die Gewalt ereignete sich versteckt, an etwas Dritten, im wie beiläufigen Erschlagen einer Fliege, im wie zerstreuten Zerrupfen einer Blume. Es geschah auch, daß man sich selber wehtat, indem die eine sich die Fingerkuppen zerbiß, indem der andre in eine Flamme griff;

indem er sich die Faust ins Gesicht schlug, indem sie sich, wie ein Kleinkind, nur ohne dessen Schutzschichten, platt auf die Erde warf. Manchmal fiel ein solcher Müder den mit ihm Mitgefangenen, den Feind oder die Feindin, aber auch leibhaftig an, wollte ihn aus dem Weg schlagen, versuchte sich mit hingestammelten Schmähungen von ihr freizuschreien. Diese Gewalt der Paares-Müdigkeit war immerhin noch der einzige Ausweg aus ihr; denn danach gelang in der Regel wenigstens das Auseinandergehen. Oder die Müdigkeit machte Platz für eine Erschöpfung, in der man endlich wieder Luft kriegte und sich besinnen konnte. Einer kehrte dann vielleicht doch zum andern zurück, und man starrte einander verwundert an, noch durchzittert vom gerade Geschehenen, außerstande, es zu begreifen. Daraus konnte dann wieder ein Anblicken des anderen werden, aber mit ganz neuen Augen: »Was ist uns nur da zugestoßen, im Kino, auf der Straße, auf der Brücke?« (Man fand auch die Stimme wieder, das auszusprechen, unwillkürlich gemeinsam, oder der junge Mann für die junge Frau, oder umgekehrt.) Insofern mochte solch über die zwei Jungen verhängte Müdigkeit sogar eine Verwandlung bedeuten: der unbekümmerten Verliebtheit des Anfangs in den Ernst. Keinem kam es in den Sinn, den andern zu beschuldigen für das, was er gerade getan hatte; es war statt dessen ein gemeinsames Augenaufgehen für eine von den einzelnen Personen unabhängige Bedingtheit in dem Zusammensein, Zusammen»werden«, von Mann und Frau, eine Bedingtheit, die man früher zum Beispiel »eine Auswirkung der Erbsünde« genannt hat, und heutzutage ich weiß nicht wie. Wäre es den beiden gelungen, dieser Müdigkeit zu entkommen, so würden sie in deren Erkenntnis, wie nur je zwei einer Katastrophe Entronnene, hernach zeitlebens – hoffentlich! – zusammengehören, und so eine Müdigkeit würde ihnen nie wieder zustoßen, hoffentlich. Und sie lebten miteinander glücklich und zufrieden, bis etwas anderes – viel weniger rätselhaft, viel weniger zu befürchten, viel weniger zu bestaunen als jene Müdigkeit, zwischen sie träte: das Alltägliche, der Kram, die Gewohnheiten.

Aber gibt es die entzweienden Müdigkeiten denn nur bei Mann und Frau, und nicht ebenso zwischen Freunden?

Nein. Sooft ich in der Gesellschaft eines Freundes eine Müdigkeit spürte, war das überhaupt keine Katastrophe. Ich erlebte sie als den Lauf der Dinge. Wir waren schließlich nur auf Zeit zusammen, und nach dieser Zeit würde jeder wieder seiner Wege gehen, im Bewußtsein der Freundschaft auch nach einer matten Stunde. Die Müdigkeiten unter Freunden waren ungefährlich – die zwischen den jungen, meist auch noch nicht lang miteinander umgehenden Paaren dagegen eine Gefahr. Anders als in der Freundschaft stand in der Liebe – oder wie jenes Voll- und Ganzseinsgefühl nennen? – mit dem Losbrechen der Müdigkeit plötzlich alles auf dem Spiel. Entzauberung; mit einem Schlag schwanden die Linien aus dem Bild des andern; er, sie ergab binnen einer Schrecksekunde kein Bild mehr; das Bild der Sekunde zuvor war bloß eine Luftspiegelung gewesen: So konnte es von einem Moment zum andern zwischen zwei Menschen aus sein – und das am meisten Erschreckende war, daß es dadurch auch mit einem selber aus zu sein schien; man fand sich selber so häßlich, oder, ja: *nichtig* wie den andern, mit dem man doch eben noch spürbar eine Daseinsweise verkörpert hatte (»ein Leib und eine Seele«); man wollte sich, ebenso wie das verdammte Gegenüber, auf der Stelle ab- oder weggeschafft; sogar die Dinge um einen fielen auseinander zu Nichtsnutzigkeiten (»wie müde und verwohnt der Schnellzug vorbeiweht« – Erinnerung an die Gedichtzeile eines Freunds): Jene Paares-Müdigkeiten hatten die Gefahr, auszugreifen als Lebensmüdigkeit, über einen allein hinaus auch des Universums, des schlappen Laubs in den Bäumen, des jäh wie lahm fließenden Flusses, des ausbleichenden Himmels. – Da derartiges aber immer nur geschah, wenn Frau und Mann miteinander allein waren, vermied ich mit den Jahren all die längerdauernden »Unter-vier-Augen«-Situationen (was auch keine Lösung war, oder eine feige).

Jetzt ist es Zeit für eine ganz andere Frage: Erzählst du von den zu fürchtenden, bösartigen Müdigkeiten denn nicht nur aus Pflichtbewußtsein – weil sie zu deinem Thema gehören –, und darum auch so, wie mir vorkommt, schwerfällig, langwierig, bei aller Übertreibung – die Geschichte von der gewalttätigen Müdigkeit war doch übertrieben, wenn nicht erfunden – halbherzig?

Nicht bloß halbherzig war von den schlimmen Müdigkeiten bisher die Rede, sondern herzlos. (Und das ist kein bloßes Wortspiel, das um seiner selbst willen eine Sache verrät.)

Nur betrachte ich die Herzlosigkeit meines Erzählens in diesem Fall nicht als einen Fehler. (Abgesehen davon ist die Müdigkeit nicht mein Thema, sondern mein Problem – ein Vorwurf, dem ich mich aussetze.) Und ich möchte auch für das Weitere, für die nichtargen, die schöneren und schönsten Müdigkeiten, die mich angestachelt haben zu diesem Versuch, gleich herzlos bleiben: Es soll mir genügen, den Bildern nachzugehen, die ich habe von meinem Problem, mich dann jeweils, wörtlich, ins Bild zu setzen und dieses mit der Sprache, samt seinen Schwingungen und Windungen, zu umzirkeln, möglichst herzlos. Im Bild zu sein (zu sitzen), das genügt mir schon als Gefühl. Wenn ich mir für die Fortsetzung des Versuchs von der Müdigkeit ein Zusätzliches wünschen dürfte, so wäre es eher eine Empfindung: die Empfindung der Sonne und des Frühlingswinds der andalusischen Morgen dieser Märzwochen jetzt draußen in der Steppe vor Linares zwischen den Fingern zu behalten für das Sitzen dann drinnen im Zimmer, damit diese herrliche Empfindung der Finger-Zwischenräume, verstärkt noch durch die Duftschwaden der Schuttkamillen, übergeht auch auf die kommenden Sätze rund um die *guten* Müdigkeiten; ihnen gerecht wird und sie vor allem leichter macht als die vorangegangenen. Aber ich glaube schon jetzt zu wissen: Die Müdigkeit ist schwer; das Problem der Müdigkeit, in jeder Spielart, wird schwer bleiben. (In die Schwaden der wilden Kamille stößt auch immer wieder, und von Morgen zu Morgen mehr, der allgegenwärtige Aasgeruch; nur will ich dessen Behecheln wie bisher den dafür zuständigen, sich bestens davon nährenden Geiern überlassen.) – Also nun, am neuen Morgen, auf, weiter, mit mehr Luft und Licht zwischen den Zeilen, wie es der Sache entspricht, dabei aber stetig nah am Erdboden, nah beim Schutt zwischen der gelbweißen Kamille, mithilfe des Gleichmaßes der erlebten Bilder. – Es ist nicht ganz wahr, daß ich früher nur Müdigkeiten zum Fürchten kannte. In der Kindheit damals, Ende der vierziger, Anfang der fünfziger Jahre, war das Dreschen des Getreides mit der Maschine noch ein Ereignis. Es wurde nicht automatisch gleich auf den Feldern abgewickelt – zur einen Seite des Automaten die Ähren hinein, zur andern Seite das Herausfallen der mahlfertigen Säcke –, sondern fand daheim in den Scheunen statt, mit einer Leihmaschine, die in der Dreschzeit von Hof zu Hof ging. Für den Vorgang des Korndreschens wurde eine richtige Kette von Handlangern benötigt, von denen einer jeweils die Garbe von dem im Freien stehenden, für die Scheune viel zu großen und zu hoch beladenen Wagen herunterwarf zum nächsten, der die Garbe, möglichst nicht mit der falschen, der ungriffigen, der Ährenseite voran, weiterreichte zur Hauptperson drinnen an der dröhnenden, die ganze Scheune vibrieren lassenden Maschine, wo die Garbe herumgeschwenkt und an den Ährenspitzen sacht zwischen die Dreschzahnrollen geschoben wurde – großes Prasseln, das da jeweils losbrach –, worauf hinten dann das leere Stroh herausgeschlittert kam und, zum Haufen geworden, vom nächsten Handlanger mit einer sehr langen Holzzinkengabel hinaufgehievt wurde zu den letzten in der Kette, meist den vollzähligen Dorfkindern oben im Scheunendachboden, die das Stroh in die hintersten Winkel zu schleppen und in die letzten freien Schlüpfe zu stopfen und festzutreten hatten, je mehr sich davon zwischen ihnen auftürmte, desto mehr schon im Finstern. Das alles dauerte, bis der Wagen vor dem Tor, sein Leichterwerden anzeigend durch ein Lichterwerden in der Scheune, leer war, ohne Pause, in einem rasch ineinandergreifenden Verlauf, den aber ein Fehlgriff sofort ins Stocken oder Schleudern brachte. Auch der letzte in der Kette, gegen Ende der Dreschstunde oft schon eingezwängt, fast ohne Spielraum, zwischen den Strohbergen, konnte, wenn er für das immer noch weiter rasch nachgeschobene Stroh nicht im Handumdrehen noch im Dunkeln neben sich einen

Platz fand, den Ablauf stören, indem er, nah am Ersticken, von seinem Posten flüchtete. Aber war das Dreschen wieder einmal glücklich vorbei, die allesübertönende Maschine – auch keine Verständigung schreiend Mund an Ohr möglich – abgeschaltet: Was für eine Stille, nicht nur in der Scheune, sondern im ganzen Land; was für ein Licht, das, statt zu blenden, einen nun umfing. Während sich die Staubschwaden legten, versammelten wir uns mit wankenden Knien, taumelnd und torkelnd, das dann auch schon ein wenig im Spiel, draußen im Hof. Unsere Beine und Arme waren zerkratzt; Ährengräten steckten in den Haaren, zwischen Fingern und Zehen. Das Nachhaltigste aber an diesem Bild sind unsere Nasenlöcher: vom Staub nicht nur grau, sondern schwarz, bei den Männern, den Frauen wie uns Kindern. So saßen wir – in meiner Erinnerung immer draußen in der Nachmittagssonne – und genossen redend oder schweigend die gemeinsame Müdigkeit, von dieser, die einen auf der Hofbank, die andern auf der Wagendeichsel, die dritten weiter weg schon im Gras der Bleiche, tatsächlich wie versammelt, in einer episodischen Eintracht, auch aller Nachbarn, auch der Generationen. Eine Wolke von Müdigkeit, eine ätherische Müdigkeit vereinte uns damals (bis sich die nächste Garbenladung ankündigte). Bilder solcher Wir-Müdigkeiten aus der Dorfkindheit habe ich noch mehr.

Verklärt da nicht die Vergangenheit?

Wenn die Vergangenheit so war, daß sie es schafft, zu verklären, so soll sie mir recht sein, und ich glaube solcher Verklärung. Ich weiß, daß diese Zeit eine heilige war.

Aber ist der Gegensatz, den du da nahelegst, zwischen gemeinschaftlichem Handwerk und Alleinarbeit, am Automaten, nicht eine bloße Meinung und also vor allem ungerecht?

Nicht auf so einen Gegensatz kam es mir mit dem Erzählen gerade an, sondern auf das reine Bild; sollte aber, gegen meinen Willen, sich eine Gegensätzlichkeit aufdrängen, so hieße das, es wäre mir kein reines Bild zu erzählen gelungen, und ich muß mich im folgenden noch mehr als bisher hüten, in der Darstellung des Einen dieses stillschweigend gegen ein Anderes auszuspielen – es darzustellen auf Kosten des anderen, wie es das Kennzeichen des Manichäischen – nur das Gute, nur das Böse – ist, welches heutzutage sogar schon im Erzählen vorherrscht, der ursprünglich am meisten von Meinungen freien, weitherzigsten Weise zu reden: Hier erzähle ich euch von den guten Gärtnern, aber nur, um dort um so mehr von den bösen Jägern reden zu können. – Tatsache ist aber, daß ich von den Müdigkeiten der Handwerker herzbewegende, erzählbare Bilder habe, von denen der Automatenbediener dagegen (noch) keine. Damals, in der gemeinsamen Müdigkeit nach dem Korndreschen, sah ich mich einmal unter so etwas wie einem Volk sitzen, einem Volk, wie ich es mir später in meinem Land Österreich immer wieder gewünscht und immer mehr vermißt habe. Nicht von »ganzer Völker Müdigkeiten«, den auf den Lidern eines einzelnen, eines Spätgeborenen, lastenden, spreche ich, sondern von dem Wunschbild der Müdigkeit des einen, bestimmten, kleinen Volkes der zweiten Nachkriegsrepublik: daß all deren Gruppen, Stände, Bünde, Korps, Domkapitel einmal so rechtschaffen müde wie wir Dörfler damals dasäßen, gleich auf gleich in der gemeinsamen Müdigkeit, von ihr geeinigt und vor allem gereinigt. Ein französischer Freund, ein Jude, der während der deutschen Besatzung versteckt leben mußte, erzählte einmal, natürlich verklärend, aber um so mehr einleuchtend, nach der Befreiung sei dann »wochenlang ein Strahlen durch das ganze Land gegangen«: und so ähnlich wäre auch meine Vorstellung von einer gemeinsamen österreichischen Werk-Müdigkeit. Aber: Ein

Übeltäter, ungeschoren davongekommen, nickt zwar oft ein, wo er sitzt oder steht, wie so mancher unstet Flüchtige, schläft dann auch viel, tief und geräuschvoll – nur kennt er keine Müdigkeit, geschweige denn jene, die verbindet; bis zu seinem letzten Röchler wird er durch nichts mehr auf der Welt müde zu kriegen sein, es sei denn durch seine endliche, insgeheim vielleicht sogar von ihm selber herbeigesehnte Bestrafung. Und mein ganzes Land ist durchsetzt von derartigen Unermüdlichen, Putzmunteren, bis hin zu den sogenannten Führungskräften; statt je auch nur für einen Augenblick den Zug der Müdigkeit zu bilden, setzt dreist sich in Szene ein wimmelnder Haufen *fortgesetzter* Gewalttäter und Handlanger, ganz andern als den oben beschriebenen, von alt, doch nicht müde gewordenen Massenmord-Buben und -Dirndeln, der landesweit eine Nachkommenschaft von gleichermaßen ewig aufgeweckten Kerlchen abgesondert hat, welche dabei sind, auch schon die Enkel zu Spähtrupps zu drillen, so daß in dieser gemeinen Mehrheit für all die Minderheiten nie ein Platz sein wird zu der so nötigen Sammlung in einem Volk der Müdigkeit; in diesem Staat wird ein jeder mit seiner Müdigkeit bis ans Ende der Geschichte dieses Staats mit sich allein bleiben. Das Weltgericht, an das ich einmal, was unser Volk betrifft, tatsächlich einen Moment lang glaubte – ich brauche nicht zu sagen, wann das war –, gibt es dem Anschein nach doch nicht; oder anders: die Erkenntnisse solch eines Weltgerichts traten innerhalb der österreichischen Grenzen nicht in Kraft und werden, so mein Denken nach der kurzen Hoffnung, da auch niemals in Kraft treten. Das Weltgericht gibt es nicht. Unser Volk, mußte ich weiter denken, ist das erste unabänderlich verkommene, das erste unverbesserliche, das erste für alle Zukunft zur Sühne unfähige, umkehrunfähige Volk der Geschichte.

Ist das jetzt nicht eindeutig bloß eine Meinung?

Es ist keine Meinung, sondern ein Bild: denn was ich dachte, sah ich zugleich. Meinung, und damit unrichtig, ist daran vielleicht das Wort »Volk«; denn in dem Bild erschien mir eben kein »Volk«, sondern der verstockte, zur Uneinsichtigkeit seiner entmenschten Taten und zum endlosen Kreisgang verurteilte *»Haufen der Unmüden«*. Aber selbstverständlich widersprechen dem jetzt sofort andere Bilder und verlangen wieder Gerechtigkeit; bloß gehen sie mir nicht so tief, mildern nur. – Die Vorfahren, soweit sie überhaupt zurückzuverfolgen sind, waren Knechte, Keuschler (Kleinstbauern ohne Ländereien) und, wenn sie eine Ausbildung hatten, immer Zimmerleute. Die Zimmerleute in der Gegend waren es auch, die ich wiederholt zusammen als jenes Volk der Müdigkeit sah. Es war damals die Zeit des ersten Bauens nach dem Krieg, und ich als das älteste der Kinder wurde oft von den Frauen des Hauses, der Mutter, der Großmutter, der Schwägerin, mit dem warmen Mittagessen in den Kannen zu den verschiedenen Neubauten im Umkreis geschickt; alle Männer des Hauses, die nicht im Krieg umgekommen waren, auch noch eine Zeitlang der sechzigjährige Großvater, arbeiteten dort mit anderen Zimmerleuten (»Zimmerern«) an den Dachstühlen. In meinem Bild sitzen sie während der Mahlzeit neben dem Rohbau – wieder jenes verschiedentliche Sitzen – auf den zum Teil schon behauenen Balken oder den noch zu bearbeitenden geschälten Stämmen. Sie haben die Hüte abgenommen, und die Stirnen unter den angeklebten Haaren erscheinen milchweiß verglichen mit den dunklen Gesichtern. Alle wirken sie sehnig, schmächtig, dabei feingliedrig und zart; ich kann mich an keinen schmerbäuchigen Zimmermann erinnern. Sie essen gemächlich und schweigsam, selbst der deutsche Stiefvater, der »Hilfszimmermann«, der sich in der Land- und Dorffremde sonst nur durch seine weltstädtische Großmäuligkeit behaupten konnte (Friede sei ihm). Danach bleiben sie noch eine Weile sitzen, leicht müde einander zugekehrt, und unterhalten sich, ohne Witze, ohne Geschimpfe, ohne je die Stimmen zu heben, über ihre Familien, fast ausschließlich diese, oder, wie friedlich, das Wetter – nie über ein Drittes –, eine Unterhaltung, die dann übergeht in die Arbeitseinteilung für den Nachmittag. Obwohl es unter ihnen einen Vorarbeiter gibt, ist mein Eindruck, daß niemand das Sagen, das erste Wort hat; zu ihrer Müdigkeit gehört, daß bei ihnen gleichsam niemand und nichts »herrscht« oder auch nur »vorherrschend« ist. Dabei sind sie mit all den schweren, entzündeten Lidern – ein besonderes Merkmal dieser Müdigkeit – wachen Sinnes; jeder die Geistesgegenwart in Person (»Da!« – Ein Apfel wird geworfen – »Hab ihn schon!«); beseelt (immer wieder das mehrstimmige, unwillkürliche, unvermittelte Anheben des Erzählens: »Vor dem Krieg, als die Mutter noch gelebt hat, haben wir sie einmal im Krankenhaus von St. Veit besucht und sind dann in der Nacht die fünfzig Kilometer durch das

Trixener Tal zu Fuß nach Hause gegangen ...«). Die Farben und Formen jener Bilder vom fragmentarischen Volk der Müdigkeit sind das Blau der Arbeitshosen, die roten Geraden hingeschnalzt von der Richtschnur an den Balken, die roten und violetten ovalzylindrischen Zimmermannsbleistifte, das Gelb der Zollstöcke, das Oval der Luftblase in der Wasserwaage. Die schweißnassen Haare an den Schläfen sind nun getrocknet und bauschen sich; an den Hüten, wieder aufgesetzt, keine Abzeichen, in den Bändern statt des Gamsbarts der Bleistift. Hätte es damals schon ein Transistorradio gegeben, es wäre, so stelle ich es mir jedenfalls vor, dort von den Baustellen ferngeblieben. Und trotzdem ist mir, als käme aus der Helligkeit der jeweiligen Orte etwas wie eine Musik – die der feinhörigen Müdigkeit selbst. Ja: auch jener Augenschein, wieder weiß ich es, war eine heilige Zeit – Episoden des Heiligen. – Zu diesem müden Volk freilich – anders als zu dem an der Dreschmaschine – gehörte ich nicht dazu und beneidete es. Als ich dann aber später, ein Heranwachsender, einmal hätte dazugehören können, wurde das ganz anders als in der Vorstellung des Essensträgers. Mit dem Tod der Großmutter, dem In-die-Rente-Gehen des Großvaters, dem Aufgeben der Landwirtschaft hörte an dem Hof – nicht nur an diesem einen im Dorf – die große Hausgemeinschaft der Generationen auf, und meine Eltern bauten ein eigenes Haus. Bei diesem Hausbau, bei dem jeder in der Familie, bis auf die Kleinstkinder, irgendwie mittun mußte, wurde ich eingespannt und erfuhr so eine ganz neue Müdigkeit. Die Arbeit, die in den ersten Tagen vor allem darin bestand, eine Schiebtruhe vollbeladen mit Quadern bergauf zu der für Laster unzugänglichen Baustelle zu bringen, auf über den Schlamm gelegten Brettern, erlebte ich nicht mehr als unsere gemeinsame Arbeit, sondern als Schinderei. Die Mühsal des langwierigen, stockenden, vom Morgen bis zum Abend wiederholten Bergaufschiebens traf mich mit solcher Wucht, daß ich keine Augen mehr hatte für irgend etwas um mich herum, nur noch vor mich hinstarren konnte, auf die grauen, scharfkantigen Ziegelbrocken, die auf dem Steg sich wälzenden grauen Zementströme, und vor allem die Übergänge zwischen den einzelnen Brettern, wo ich in der Regel die Karre ein wenig anzuheben oder zu verschieben hatte, um über die Kanten und Kurven zu kommen. Nicht selten kippte die Last da um, und ich mit. In diesen Wochen bekam ich die Ahnung davon, was Fron- oder Sklavenarbeit sein kann. »Ich bin erschlagen«, sagt die Umgangssprache: Ja, ich war am Ende der Tage, nicht nur die Hände wund, sondern auch die Zehen verbrannt von dem zwischen sie gequollenen Zement, in mich zusammengesunken, dahockend (nicht sitzend), erschlagen vor Müdigkeit. Unfähig zu schlucken, brachte ich kein Essen hinunter, und auch sprechen konnte ich nicht. Und das besondere Zeichen dieser Müdigkeit war vielleicht, daß es schien, es gäbe von ihr keine Erholung. Eingeschlafen war man zwar fast auf der Stelle, erwachte aber im nächsten Morgengrauen, kurz vor Arbeitsbeginn, noch schwerer müde als zuvor; als habe die Schufterei alles aus einem entfernt, was zu einem noch so kleinen Lebensgefühl – Empfindung des Frühlichts, des Winds an den Schläfen – gehörte, und zwar für immer; als gäbe es für solches lebendig Totsein ab jetzt kein Ende mehr. Hatte ich vorher bei Unannehmlichkeiten nicht schnell eine Ausrede gefunden, diese und jene Schliche gekannt? Nun war ich sogar zu matt, mich auf die bewährten Weisen – »ich muß lernen, mich aufs Internat vorbereiten«; »ich gehe euch in den Wald Pilze suchen« – zu drücken. Und kein Zuspruch, der etwa aufhalf: Obwohl es doch um meine eigene Sache ging – unser Haus –, ließ von mir keinmal ab die Müdigkeit eines Fremdarbeiters; Müdigkeit, die vereinzelte. (Es gab im übrigen noch mehr solche Arbeiten, die von der Gesamtheit gefürchtet wurden, so das Graben der Wasserleitungsschächte: »Diese Arbeit ist ein Hund, ein Teufel!« Wundersam dann nur, daß mit der Zeit jene Todmüdigkeit doch von einem wich und Platz machte der Zimmerleute-Müdigkeit? Nein, Platz machte einer Sportlichkeit, einem Akkord-Ehrgeiz, begleitet von einer Art Galgenhumor.) –

Eine wieder andere Müdigkeitserfahrung war dann die mit der Schichtarbeit während der Studierzeit, zum Geldverdienen. Man arbeitete da von frühmorgens – um vier stand ich auf für die erste Straßenbahn, ungewaschen, urinierte in der Kammer in ein leeres Marmeladenglas, um die Hausleute nicht zu stören – bis in den frühen Nachmittag oben unter Dach bei künstlichem Licht in der Versandabteilung eines Warenhauses, die Wochen vor Weihnachten und Ostern. Ich riß alte Kartons auseinander und schnitt aus ihnen mit einer mächtigen Messerguillotine große Rechtecke heraus, als Einlagen und Stützen für die neuen Kartons, nebenan verpackt im Fließbandraum (eine Tätigkeit, die mir auf die Dauer, wie früher zu Hause das Holzhacken und -sägen, sogar guttat, indem sie die Gedanken dabei freiließ, durch ihren Rhythmus aber nicht zu sehr). Jene neue Müdigkeit kam nun, sowie wir nach der Schicht hinaus auf die Straßen traten und jeder dann seiner Wege ging. Jäh bekam ich da, allein in meiner Müdigkeit, blinzelnd, bestaubte Brille, verschmutzter offener Hemdkragen, andere Augen für das vertraute Straßenbild. Ich sah mich nicht mehr wie zuvor unterwegs zusammen mit denen, die da unterwegs waren, in die Geschäfte, zum Bahnhof, zu den Kinos, in die Universität. Obwohl ich in einer wachen Müdigkeit dahinging, ohne Schläfrigkeit, ohne Eingeschlossenheit in mich selbst, fand ich mich ausgesperrt von der Gesellschaft, und das war ein unheimlicher Moment; als einziger bewegte ich mich in die Gegenrichtung zu all den andern, hinein in die Verlorenheit. In den Nachmittagshörsälen, die ich danach betrat wie verbotene Räume, konnte ich den Leierstimmen noch weniger zuhören als sonst; was da gesagt wurde, war ja auch nicht für mich bestimmt, der ich nicht einmal so etwas wie ein Gasthörer war. Ich sehnte mich dann Tag für Tag mehr hinein in die müden Grüppchen der Schichtarbeiter oben im Dachboden, und jetzt, im Nachspüren dieses Bildes, erkenne ich, daß ich schon seinerzeit, sehr früh, als Neunzehn-, Zwanzigjähriger, lange, bevor ich mich ernsthaft an mein Schreiben machte, aufhörte, mich unter den Studenten als ein Student zu fühlen, und das war kein angenehmes, eher ein banges Gefühl.

Fällt dir eigentlich auf, daß du Bilder der Müdigkeit, in leicht romantischer Manier, nur von deinen Handwerkern und Keuschlern gibst, nie aber von Bürgern, weder großen noch kleinen?

Ich habe an den Bürgern eben nie jene bildhaften Müdigkeiten erlebt.

Kannst du sie dir nicht wenigstens vorstellen?

Nein. Mir scheint, die Müdigkeit gehört sich für sie nicht; sie erachten sie als eine Art schlechten Benehmens, wie das Barfußgehen. Und sie sind zudem außerstande, ein Bild der Müdigkeit abzugeben; denn ihre Tätigkeiten, die sind nicht so. Höchstens können sie am Ende dann eine Sterbensmüdigkeit zeigen, wie hoffentlich wir alle. Und ebensowenig gelingt mir eine Vorstellung von der Müdigkeit eines Reichen, oder Mächtigen, ausgenommen vielleicht der abgedankten, wie der Könige Ödipus und Lear. Nicht einmal müde Werktätige sehe ich bei Feierabend aus den heutigen vollautomatisierten Betrieben kommen, sondern herrscherlich aufgereckte Leute mit Siegermienen und riesigen Baby-Patschhänden, die am nächsten Spielautomaten um die Ecke ihre lässig-munteren Griffe gleich fortsetzen werden. (Ich weiß, was du jetzt einwendest: »Auch du solltest, bevor du dergleichen sagst, erst richtig müde werden, um das Maß zu bewahren.« *Aber:* ich *muß* manchmal ungerecht werden, habe auch Lust dazu. Und außerdem bin ich, inzwischen im Nachgehen der Bilder, meinem Vorwurf angemessen, ganz schön müde.) – Eine der Schichtarbeiter-Müdigkeit vergleichbare Müdigkeit lernte ich dann kennen, als ich endlich – es war meine einzige Möglichkeit – »schreibenging«, täglich, monatelang. Wieder, wenn ich nachher in die Stadtstraßen kam, sah ich mich als nicht mehr zugehörig zu der großen Zahl da. Doch das begleitende Gefühl war in diesem Fall ein ganz anderes: kein Teilnehmer an dem üblichen Alltag zu sein, machte mir nichts mehr aus; es gab mir im Gegenteil, in meiner Schaffensmüdigkeit, nah an der Erschöpfung, sogar ein rundum wohliges Gefühl: Nicht die Gesellschaft war unzugänglich für mich, sondern ich war es für sie, für jeden. Was gingen mich eure Lustbarkeiten, Feste, Umarmungen an – ich hatte ja die Bäume da, das Gras, die Kinoleinwand, wo Robert Mitchum nur für mich seine unergründliche Miene spielen ließ, die Jukebox, wo Bob Dylan allein für mich sein »Sad-Eyed Lady of the Lowlands« sang, oder Ray Davies sein und mein »I'm Not Like Everybody Else«.

Waren solche Müdigkeiten aber nicht in Gefahr, umzuspringen in Hochmut?

Ja. Ich ertappte mich dann auch immer bei einem kalten, leuteverachtenden Hochmut oder, noch ärger, bei einem herablassenden Mitleid für alle die ordentlichen Berufe, die doch nie im Leben zu einer so königlichen Müdigkeit führen konnten wie der meinen. In diesen Stunden nach dem Schreiben war ich ein Unberührbarer – unberührbar in meinem Sinn, sozusagen thronend, mochte es auch irgendwo im letzten Winkel sein. »Rühr mich nicht an!« Und ließ der Müdstolze sich doch einmal anrühren, so war das wie nicht gewesen. – Eine Müdigkeit als ein Zugänglichwerden, ja als die Erfüllung des Berührtwerdens und selber Berührenkönnens, erlebte ich erst viel später. Das geschah so selten, wie im Leben nur die großen Ereignisse, und ist auch schon lange nicht mehr eingetreten, so als sei es allein in einer bestimmten Epoche des menschlichen Daseins möglich und wiederhole sich danach nur noch in Ausnahmezuständen, einem Krieg, einer Naturkatastrophe oder einer anderen Notzeit. Die paarmal, die mir jene Müdigkeit, welches Zeitwort gehört zu ihr? »beschert wurde«? »zufiel«?, befand ich mich auch tatsächlich in einer persönlichen Notzeit, und traf dabei, zu meinem Glück, auf einen zweiten, der in einer ähnlichen Not war. Und immer war dieses andere eine Frau. Die Notzeit allein genügte nicht; es gehörte auch, damit jene erotische Müdigkeit uns verband, eine gerade bestandene Mühsal dazu. Es scheint eine Regel zu sein, daß Mann und Frau, bevor sie, für

Stunden, so ein Traumpaar werden, beide erst einmal einen langen beschwerlichen Weg zurücklegen, sich an einem dritten, ihnen beiden fremden Ort, möglichst fern von jeder Art Heimat – oder Heimeligkeit – treffen und zuvor auch noch gemeinsam eine Gefahr oder auch bloß eine langwierige Wirrnis, mitten im Feindesland, das auch das eigene sein kann, bestanden haben müssen. Dann wird es möglich, daß jene Müdigkeit, in dem endlich still gewordenen Zufluchtsraum, den beiden, Mann wie Frau, Frau wie Mann, Ruck um Ruck zueinander hingibt, so selbstverständlich, so innig, wie das, so bilde ich es mir jetzt ein, in gleichwelchen anderen Vereinigungen, und wenn auch der Liebe, kein Vergleich ist; »wie ein Austauschen von Brot und Wein«, so hat das ein anderer Freund genannt. Oder es kommt mir, um solch ein Einswerden in der Müdigkeit zu umschreiben, eine Gedichtzeile in den Sinn: ». . . Worte der Liebe – ein jedes lachte . . .«, welche jenem »Ein Leib und eine Seele« entspricht, auch wenn um die beiden

Körper das Schweigen herrscht; oder ich möchte einfach abwandeln, was, in einem Film von Alfred Hitchcock, die angesäuselt den (noch) eher distanzierten, sehr müden Cary Grant umschlingende Ingrid Bergman sagt: »So lassen Sie doch – ein müder Mann und eine betrunkene Frau, das ergibt doch ein gutes Paar!«: »Ein müder Mann und eine müde Frau, das ergibt doch das schönste Paar.« Oder es zeigt sich das »Mit dir« als einziges Wort, so wie im Spanischen hier das »contigo« . . . Oder in deutscher Form vielleicht statt des: »Ich bin *deiner* –« das: »Ich bin *dir* müde«. Den Don Juan stelle ich mir, nach solchen seltenen Erfahrungen, nicht als einen Verführer, sondern als einen jeweils zur richtigen Stunde, in Gegenwart einer müden Frau, müden, einen *immer*-müden Helden vor, dem so eine jede in den Schoß fällt – ohne ihm allerdings, sind die Mysterien der erotischen Müdigkeit dann vollbracht, je nachzutrauern; denn was mit den beiden Müden war, wird ja für immer gewesen sein, auf

Lebenszeit: nichts Nachhaltigeres kennen solche zwei, als so ineinandergeraten zu sein, und keiner von ihnen bedarf auch der Wiederholung, ja scheut gar davor zurück. Nur: Wie schafft dieser Don Juan seine immer neuen, ihn und die nächste so wunderbar mürbe-machenden Müdigkeiten? Nicht bloß eine oder zwei, sondern tausendunddrei derartiger Gleichzeitigkeiten, die sich, bis zu den kleinsten Hautkuppen, auf Lebzeit in das Körperpaar einschrieben, eine jede Regung wahrhaftig, untrügerisch, ohne einen einzigen Spielzug dazwischen – eben Ruck um Ruck? Unsereiner jedenfalls war nach derlei raren Ekstasen der Müdigkeit verloren für das übliche Körpertum und -getue.

Und was blieb dir danach noch übrig?

Noch größere Müdigkeiten.

Gibt es denn in deinen Augen noch größere Müdigkeiten als die gerade angedeuteten?

Vor mehr als zehn Jahren nahm ich ein Nachtflugzeug von Anchorage in Alaska nach New York. Es war ein sehr langwieriger Flug, mit dem Start, lang nach Mitternacht, von der Stadt am Cook Inlet – in den bei Flut die Eisschollen hochaufgerichtet hinein-, aus dem sie bei Ebbe dann, schwarzgrau geworden, wieder hinaus in den Ozean galoppierten –, einer Zwischenlandung im ersten Morgengrauen bei Schneetreiben in Edmonton/Kanada, einer weiteren Zwischenlandung, mit Kreisen in der Warteschleife, dann Anstehen unten auf der Piste, in der grellen Vormittagssonne von Chicago, der Landung am stickigen Nachmittag weit draußen vor New York. Endlich im Hotel, wollte ich mich sofort schlafenlegen, wie krank – von der Welt abgeschnitten – nach der Nacht ohne Schlaf, Luft und Bewegung. Aber dann sah ich unten die Straßen am Central Park weit von der Frühherbstsonne, in der, wie mir vorkam, festtäglich die Leute sich ergingen, und im Gefühl, im Zimmer jetzt etwas zu versäumen, zog es mich hinaus zu ihnen. Ich setzte mich auf eine Caféterrasse in die Sonne, nah am Getöse und an den Benzinschwaden, noch immer benommen, ja im Innern in ein beängstigendes Wanken gebracht von meiner Übernächtigkeit. Doch dann, ich weiß nicht mehr wie, allmählich?, oder wieder Ruck um Ruck? die Verwandlung. Ich habe einmal gelesen, Schwermütige könnten ihre Krisen überbrücken, indem sie über Nächte und Nächte am Schlafen gehindert würden; die in ein gefährliches Schwanken geratende »Hängebrücke ihres Ich« würde dadurch stabil. Jenes Bild hatte ich vor mir, als nun in mir die Bedrängnis der Müdigkeit Platz machte. Diese Müdigkeit hatte etwas von einem Gesundwerden. Sagte man nicht: »Mit der Müdigkeit kämpfen«? – Dieser Zweikampf war zuende. Die Müdigkeit war jetzt mein Freund. Ich war wieder da, in der Welt, und sogar – nicht etwa, weil es Manhattan war – in ihrer Mitte. Aber es kam dann noch einiges dazu, vieles, und eins eine größere

Lieblichkeit als das andere. Ich tat, weit bis in den Abend hinein, nichts mehr als sitzen und schauen; es war, als bräuchte ich dabei auch nicht einmal atemzuholen. Keine auffälligen wichtigtuerischen Atemübungen oder Yoga-Haltungen: Du sitzt und atmest im Licht der Müdigkeit jetzt beiläufig richtig. Es gingen ständig viele, auf einmal unerhört schöne Frauen vorbei – eine Schönheit, die mir zwischendurch die Augen naß machte –, und sie alle nahmen mich im Vorbeigehen auf: Ich kam in Frage. (Eigenartig, daß vor allem die schönen Frauen diesen Blick der Müdigkeit beachteten, so wie auch noch manch alte Männer und die Kinder.) Aber keine Idee, daß wir, eine von ihnen und ich, darüber hinaus miteinander etwas anfingen; ich wollte nichts von ihnen, es genügte mir, ihnen endlich einmal so zuschauen zu können. Und es war auch wirklich der Blick eines guten Zuschauers, bei einem Spiel, das erst glücken kann, wenn wenigstens ein solcher Zuschauer dabeisitzt. Das Schauen dieses Müden war eine Tätigkeit, es tat etwas, es griff ein: die Akteure des Spiels wurden besser durch es, noch schöner – zum Beispiel, indem sie sich vor solchen Augen mehr Zeit ließen. Dieser langsame Lidschlag ließ sie gelten – brachte sie zu ihrer Geltung. Dem dergestalt Schauenden wurde von der Müdigkeit seinerseits das Ich-Selbst, das ewig Unruhe stiftende, wie durch ein Wunder von ihm weggenommen: alle sonstigen Verzerrungen, Angewohnheiten, Ticks und Sorgenfalten von ihm abgefallen, nichts mehr als die gelösten Augen, endlich auch so unergründlich wie die Robert Mitchums. Und dann: das selbstlose Schauen wurde tätig weit über die schönen Passantinnen hinaus, bezog ein in sein Zentrum der Welt alles, was lebte und sich regte. Die Müdigkeit gliederte – ein Gliedern, das nicht zerstückelte, sondern kenntlich machte – das übliche Gewirr durch sie rhythmisiert zur Wohltat der Form – Form, soweit das Auge reichte – großer Horizont der Müdigkeit.

Auch die Gewaltszenen, die Zusammenstöße, die Schreie als wohltätige Formen im großen Horizont?

Ich erzähle hier von der Müdigkeit im Frieden, in der Zwischenzeit. Und in jenen Stunden war Frieden, auch am Central Park. Und das Erstaunliche ist, daß meine Müdigkeit dort an dem zeitweisen Frieden mitzuwirken schien, indem ihr Blick jeweils schon die Ansätze zu Gesten der Gewalt, des Streits oder auch nur einer unfreundlichen Handlung beschwichtigte? milderte? – entwaffnete, durch ein ganz anderes Mitleid als das verächtliche manchmal der Schaffensmüdigkeit: das Mitgefühl als Verständnis.

Aber was war das Besondere an dem Blick? Was bezeichnete ihn?

Ich sah, spürbar für den andern, mit ihm zugleich seine Sache mit: den Baum, unter dem er gerade ging, das Buch, das er in der

Hand hielt, das Licht, in dem er stand, auch wenn es das künstliche eines Ladens war; den alten Stenz *mit* seinem hellen Anzug *und* seiner Nelke in der Hand; den Reisenden mit seiner Gepäckslast; den Riesen mitsamt seinem unsichtbaren Kind auf den Schultern; mich selbst mitsamt dem aus dem Parkwald wirbelnden Laub; jeden von uns mit dem Himmel zu seinen Häupten.

Und wenn es solch eine Sache nicht gab?

Dann schuf meine Müdigkeit sie, und der andere, der gerade noch im Leeren geirrt war, empfand um sich von einem Augenblick zum nächsten seiner Sache Aura. –
Und weiter: Jene Müdigkeit machte, daß die tausend unzusammenhängenden Abläufe kreuz und quer vor mir sich ordneten über die Form hinaus zu einer Folge; jeder ging in mich ein als der genau da hinpassende Teil einer – wunderbar feingliedrigen, leichtgefügten – Erzählung; und zwar erzählten die

Vorgänge sich selbst, ohne Vermittlung über die Wörter. Dank meiner Müdigkeit wurde die Welt ihre Namen los und groß. Ich habe dazu ein etwas grobes Bild von vier Verhältnisweisen meines Sprach-Ichs zur Welt: In der ersten bin ich stumm, schmerzhaft ausgeschlossen von den Vorgängen – in der zweiten geht das Stimmengewirr, das Gerede, von draußen, auf mein Inneres über, wobei ich aber noch immer gleich stumm, höchstens schreifähig bin – in der dritten kommt endlich Leben in mich, indem es da unwillkürlich, Satz um Satz, zu erzählen anhebt, ein gerichtetes Erzählen, an jemand Bestimmten meist, ein Kind, die Freunde – und in der vierten dann, wie ich es bisher am nachhaltigsten damals in der klaräugigen Müdigkeit erlebte, erzählt die Welt, unter Schweigen, vollkommen wortlos, sich selber, mir wie dem grauhaarigen Zuschauernachbarn da und dem vorbeiwippenden Prachtweib dort; alles friedliche Geschehen war zugleich schon Erzählung und diese, anders als die Kampfhandlungen und Kriege, die erst einen Sänger oder Chronisten brauchten, gliederte sich in meinen müden Augen von selber zum Epos, noch dazu, wie mir da einleuchtete, zum idealen: Die Bilder der flüchtigen Welt rasteten ein, eins und das andere, und nahmen Gestalt an.

Ideal?

Ja, ideal: denn es ging darin alles mit rechten Dingen zu, und es passierten Dinge noch und noch, und von nichts war zu viel da, von nichts zu wenig – alles, wie es sich für ein Epos gehört; sich selbst erzählende Welt als sich selbst erzählende Menschengeschichte, so, wie sie sein könnte. Utopisch? »La utopia no existe«, las ich hier auf einem Plakat, was übersetzt heißt: Den Nicht-Ort gibt es nicht. Bedenk das einmal, und die Weltgeschichte fängt sich zu drehen an. Meine utopische Müdigkeit von damals ergab jedenfalls einen Ort, zumindest den einen. Viel mehr Ortssinn fühlte ich da als je sonst. Es war, als hätte ich, obwohl kaum erst da, den Ortsgeruch angenommen in meiner Müdigkeit, sei da alteingesessen. – Und an diesen Ort reihten sich in den ähnlichen Müdigkeiten der folgenden Jahre noch mehr. Auffällig, daß dabei oft Fremde mich Fremden grüßten, weil ich ihnen bekannt vorkam, oder einfach nur so. In Edinburgh, wo ich, nachdem ich über Stunden »Die sieben Sakramente« von Poussin angeschaut hatte, welche Taufe, Abendmahl und dergleichen endlich einmal im richtigen Abstand zeigten, strahlend müde in einem italienischen Restaurant saß und mich so – Ausnahme, zugehörig dieser Müdigkeit – selbstbewußt bedienen lassen konnte, waren am Schluß alle Kellner einig, mich schon einmal, und zwar jeder an verschiedenen Orten, gesehen zu haben: der eine auf Santorin (wo ich noch nie war), der andere im letzten Sommer, mit einem Schlafsack, am Gardasee – weder Schlafsack stimmte noch See. Im Zug von Zürich nach Biel, nach einer Nacht ohne Schlaf zur Schulendfeier der Kinder, saß mir eine ebenso übernächtigte junge Frau gegenüber, die vom Schlußfest der Tour de Suisse kam, wo sie im Auftrag ihrer da mitmischenden Bank die Fahrer zu betreuen gehabt hatte: Blumen überreichen, Küsse auf die Wange für die jeweils auf dem Podest ... Es erzählte aus der Müden so übergangslos, als wüßten wir sonst alles voneinander. Einer, der zweimal hintereinander Sieger geworden war und wieder seinen Kuß abbekommen sollte, erkannte sie dabei schon nicht mehr; so sehr, das erzählte sie heiter, voller Achtung, nicht enttäuscht, seien die Fahrer beschäftigt nur mit ihrem Sport. Nun würde sie sich aber nicht schlafenlegen, sondern, hungrig wie sie auch sei, mit ihrer Freundin in Biel mittagessen – wobei mir jetzt ein weiterer Anlaß für jene weltvertrauende Müdigkeit klar wird: ein gewisses Hungerhaben. Die Müdigkeit der Sattheit schafft so etwas nicht. »Wir waren hungrig und müde«, so erzählt die junge Frau in Hammetts »Gläsernem Schlüssel« Ned Beaumont ihren Traum von ihnen beiden: Was sie zusammengebracht hat, auch für das Weitere, waren Hunger und Müdigkeit. – Eine besondere Empfänglichkeit für derartige Müdigkeiten scheinen mir, neben den Kindern – immer wieder das großäugige, erwartungsvolle Sichumdrehen nach dem da Sitzenden – und den Mitmüden, die Idioten und die Tiere zu haben. Ein Idiot vor ein paar Tagen hier im andalusischen Linares, der an der Hand seines Angehörigen abwesend dahinhoppelte, bekam bei meinem Auf-der-Bank-Sitzen nach der Zettelwirtschaft des Vor- und Nachmittags so überraschte Augen, als sähe er da einen seinesgleichen, oder anders: jemand noch Erstaunlicheren. Von dem ganzen Gesicht, nicht nur den Augen des Mongoloiden, wurde ich angestrahlt; er blieb sogar stehen und mußte regelrecht weitergezerrt werden – reines Vergnügen in seinem Antlitz, einfach darüber, daß ein Blick den seinen wahrnahm und gelten ließ. Und das war eine Wiederholung: Dort und dort schon sind die Idioten des Erdkreises, europäische, arabische, japanische, mit kindlicher Freude das Schauspiel ihrer selbst vorführend, in das Blickfeld des Idioten der Müdigkeit einbezogen. – Als ich nach einer Arbeit und einem langen Fußweg durch eine baumlose friulanische Ebene »durchmüdet« an einem Waldsaum bei dem Dorf namens Medea vorbeikam, lagerten dort im Gras ein Entenpaar, ein Reh und ein Hase nebeneinander und führten bei meinem Auftritt, nach den ersten Fluchtbewegungen, ihr Gleichmaß vor, grasrupfend, äsend, herumwatschelnd. – Beim Kloster Poblet in Katalanien begegneten mir auf der Landstraße zwei Hunde, einer groß, einer kleiner, wie Vater und Sohn, die dann mit mir mitgingen, einmal hintennach, einmal mich überholend. Ich war so müde, daß die übliche Hundeangst ausblieb, und außerdem, so stellte ich mir vor, hätte ich durch das viele Gehen in der Gegend schon deren Geruch angenommen und wäre den Hunden vertraut. Diese begannen auch wirklich zu spielen: indem »der Vater« um mich herumlief und »der Sohn«, ihm nach, mir durch die Beine. Ja, dachte ich, das ist ein Bild für die richtige menschliche Müdigkeit: sie öffnet, sie macht durchlässig, sie schafft einen Durchlaß für das Epos aller Wesen, auch dieser Tiere jetzt. – Hier aber ist vielleicht eine Einfügung am Platz: Auf der Schutt- und Kamillensteppe vor Linares, wo ich jeden Tag hinausgehe, wurde ich Zeuge ganz anderer Geschehnisse zwischen Menschen und Tieren als solcher. Davon nur in Stichworten: Die da vereinzelt in der Weite wie zum Ausruhen im Schatten der Trümmer oder Steinblöcke Sitzenden, in Wahrheit aber Lauernden, in Schußweite zu den im Umkreis an biegsamen Stangen in den Schutt gesteckten winzigen Käfigen, kaum Raum für die flatternden, doch um so mehr die Käfige ins Wackeln bringenden Kleinvögel darin, bewegliche Köder für die Großvögel (Schatten des Adlers aber weit weg von den Fallen, bei mir übers Papier streichend, beim stillen, auch unheimlichen Eukalyptushain an den Bleibergwerksruinen, meinem Schreibplatz im Freien während des ekstatischen Schrillens und Posaunens der spanischen Karwoche); – oder die wie übermütig mit dem Sonnenuntergang aus der Zigeunersiedlung auf die Heide stürzenden Kinder, umtänzelt von einem grazilen, edelköpfigen Hund, dann, brüllend, außer sich, als Zuschauer eines Spektakels, vorgeführt von einem Halberwachsenen, bestehend im Aussetzen eines Hasens auf der Savanne und dem Nachschießen des Hundes, dem baldigen Eingeholtwerden des Hakenschlägers, dem Nackenbiß des Hundes, spielerisch erst, dem Fallengelassenwerden des Hasens, seiner neuen Flucht, seinem, noch rascheren, Gestelltwerden, im Maul des Hunds Emporgelüpftwerden, so Hin- und Hergeschleudertwerden, dem mit der Beute zwischen den Zähnen Über-das-Feld-Wegrennen des Hundes – langhinsichziehend das Hasengequiek –, Spektakel schließend mit dem Einzug der Kinderschar zurück in die Siedlung, der Hund emporspringend zu des Anführers aufgereckter Hand, an dieser, an den Löffeln, der Hase hängend, blutnaß, erschlaffende Pfoten, noch ein wenig zuckend, seine kleine Gestalt die vorderste in dem Zug gegen Sonnenuntergang, und hoch über den Köpfen der Kinder, im Profil zu sehen, des Hasen Gesicht, in seiner Hilflosigkeit und Verlassenheit erhaben sowohl über das eines Tiers als auch eines Menschen; – oder die Halbwüchsigen erst gestern, auf meinem Heimweg vom Schreiben beim Eukalyptushain in die Stadt: an der Steinmauer bei den Olivenfeldern, mit Ölzweigen und Schilfstöcken, unter Geschrei vor- und zurückschießend, die Steine auseinanderschiebend, und mit den Füßen stoßend, darunter, jetzt offen in der Sonne, die zusammengerollte, dicke und lange Schlange, erst einmal außer einem Kopfrucken und dem Züngeln sich kaum bewegend – noch schwer vom Winterschlaf? –, das Stockniedersausen auf sie dann von allen Seiten, splitterndes, aber harttreffendes Schilf, in diesem Geprassel der weiterhin unter Geheul vor- und zurückschießenden Fast-Kinder (in der Erinnerung auch ich dabei), endlich das Sichaufrichten der Schlange, ganz hoch, und zugleich kläglich, nicht angriffsbereit, ja nicht einmal drohend, den Drohhals nur vorführend, als ihre angeborene Schlangengebärde, und so aufgerichtet, im Profil, mit dem verdrückten Kopf und dem Blutaustritt am Maul, auf einmal, im Moment vor dem Niedersinken nun unter den Steinwürfen, dem Hasen gleich, dritte Gestalt, wie die für einen Augenblick in der Tiefe einer Bühne erscheinende gültige, beim Aufgehen eines mit den gewohnten Tier- und Menschengestalten bemalten Vorhangs: – Doch woher in mir bei dem allen dieses Sträuben, dergleichen Schrecknisse, die nichts erzählen, vielmehr höchstens bestätigen, auch noch *weiter*zuerzählen, während, was jene *einenden* Müdigkeiten mir erzählen, in mir ein wie doch natürliches Ausholen, weiter und weiter – das epische Atmen auslöst?

Ja, aber erkennst du nicht, daß das erstere nicht bloß Schrecknisse waren, und zwar daran, wie du, obwohl du sie nur registrieren wolltest, dabei wider Willen fast ins Erzählen gerietst und dessen Zeitwörterformen, der Mitvergangenheit, am Ende allein vermiedst durch Vorsatz – durch einen Trick? Und daß, außerdem, das Ausmalen der Schrecknisse anschaulicher, oder jedenfalls suggestiver ist als die noch so friedsamen Begebenheiten deiner Epopöe der Müdigkeit?

Ich will aber nicht suggestiv werden. Nicht überreden möchte ich – auch nicht mit Bildern –, sondern erinnern, jeden an seine höchsteigene erzählende Müdigkeit. Und deren Anschaulichkeit kommt schon noch, zum Abschluß dieses Versuchs, gleich, vielleicht – sofern ich dazu in der Zwischenzeit müde genug bin.

Was also ist, über deine Anekdoten und Bruchstücke hinaus, das Eine, das Wesen, der letzten Müdigkeit? Wie wirkt sie sich aus? Was läßt sich mit ihr anfangen? Ermöglicht sie dem Müden ein Handeln?

Aber sie ist doch schon selber die bestmögliche Handlung, es braucht mit ihr nicht eigens etwas anzufangen zu sein, weil sie für sich schon ein Anfangen, ein Machen – »den Anfang machen«, sagt die Umgangssprache – ist. Ihr Den-Anfang-Machen ist ein Lehren. Die Müdigkeit gibt Lehren – ist anwendbar. Ein Lehren wessen? fragst du. Früher in der Geschichte des Denkens gab es die Vorstellung von einem Ding »an sich«, inzwischen vorbei, weil das Objekt sich nie an sich zeigen könne, sondern nur im Verein mit mir. Die Müdigkeiten aber, die ich meine, erneuern mir die alte Vorstellung und machen sie dazu sinnfällig. Mehr: Sie geben, mit der Vorstellung, zugleich die Idee. Mehr: In der Idee des Dings berühre ich, gleichsam mit Händen zu fassen, ein Gesetz: So wie das Ding im Augenblick sich zeigt, so *ist* es nicht bloß, so *soll* es auch sein. Und noch mehr: Das Ding erscheint in solch fundamentaler Müdigkeit nie nur für sich, sondern immer zusammen mit anderen, und wenn es auch nur wenige Dinge sein mögen, ist am Ende alles beieinander. »Jetzt bellt auch noch der Hund – alles da!« Und als Schluß: Solche Müdigkeiten wollen geteilt werden.

Warum auf einmal so philosophisch?

Es stimmt – vielleicht bin ich immer noch nicht richtig müde –: In der Stunde der letzten Müdigkeit gibt es keine philosophischen Fragen mehr. Diese Zeit ist zugleich der Raum, dieser Zeitraum ist zugleich die Geschichte. Was ist, *wird* zugleich. Das andere wird zugleich ich. Die zwei Kinder da unter meinen müden Augen, das bin jetzt ich. Und wie die ältere Schwester den kleinen Bruder durch das Lokal schleppt, das ergibt zugleich einen Sinn, und hat einen Wert, und nichts ist wertvoller als das andre – der Regen, der dem Müden auf den Puls fällt, ist gleich wert wie der Anblick der Gehenden jenseits des Flusses –, und es ist so gut wie schön, und es gehört sich so, und so soll es auch weiter sein, und es ist, vor allem, wahr. Wie die Schwester, ich, den Bruder, mich, um die Hüften packt, das ist *wahr*. Und das Relative zeigt sich im müden Blick absolut, und der Teil als das Ganze.

Wo bleibt die Anschauung?

Ich habe für das »Alles in einem« ein Bild: Jene, in der Regel niederländischen, Blumen-Stilleben des siebzehnten Jahrhunderts, wo an den Blüten lebensecht, hier ein Käfer, hier eine Schnecke, dort eine Biene, dort ein Schmetterling sitzt, und obwohl vielleicht keins eine Ahnung von der Gegenwart des andern hat, im Augenblick, in *meinem* Augenblick, alle beieinander.

Kannst du nicht anschaulich zu werden versuchen ohne den Bildungsumweg?

So setz dich, auch du in der Zwischenzeit hoffentlich müde genug, mit mir auf die Steinmauer am Rand des Feldwegs, oder noch besser, weil noch näher dem Erdboden, hock dich mit mir zusammen hin auf den Weg, auf den grasigen Mittelstreifen. Wie doch, mit einem Ruck, so, an diesem farbigen Abglanz, die Weltkarte jenes »Alles beieinander!« sich zu erkennen gibt: Dem Flecken Erde ganz nah sind wir zugleich im richtigen Abstand und sehen die sich aufbäumende Raupe zusammen mit dem wurmlangen, vielgliedrigen, sich in den Sand bohrenden Käfer, diesen zusammen mit der Ameise, die an einer Olive ruckelt, gleichzeitig mit dem Rindenbast, unter unseren Blicken zur Acht gerollt.

Keinen Bildbericht, sondern Erzählung!

Im Staub dieses andalusischen Feldwegs bewegte sich vor ein paar Tagen, so feierlich langsam wie die Leidens- und Trauerstatuen, die hier in Andalusien während der Osterwoche auf Gestellen durch die Straßen getragen werden, das Aas eines Maulwurfs dahin, unter dem, als ich es umdrehte, ein Zug von goldglänzenden Aaskäfern ging, und in den Winterwochen davor hatte ich auf einem ebensolchen Feldweg, in den Pyrenäen, in der gleichen Weise niedergehockt wie gerade wir, den Schnee fallen sehen, in winzigen körnigen Flocken, im Liegen ununterscheidbar von den hellen Sandkörnern, aber im Schmelzen dann eigentümliche Lachen hinterlassend, dunkle Flecken ganz anders als die von Regentropfen, viel großflächiger, unregelmäßiger, im so langsamen Einsickern in den Staub, und als Kind, in eben dem Abstand zur Erde, in dem wir jetzt hocken, war ich an einem ebensolchen österreichischen Feldweg im ersten Frühlicht mit dem Großvater gegangen, barfuß, gleichnah der Erde und ebenso weltraumfern den vereinzelten Kratern im Staub, den Einschlägen der Sommerregentropfen, meinem ersten, sich immer neu wiederholenlassenden Bild.

Endlich in deinen Gleichnissen des Wirkens der Müdigkeit nicht nur die verkleinerten Maßstäbe der Dinge, sondern auch ein Menschenmaß! Aber warum immer nur du als der Müde, allein?

Meine höchsten Müdigkeiten erschienen mir immer zugleich als die unsrigen. In Dutovlje im Karst standen später nachts die alten Männer an der Theke, und ich war mit ihnen im Krieg gewesen: Die Müdigkeit entwirft am andern, auch wenn ich nichts von ihm weiß, seine Geschichte. – Diese zwei dort, mit den naß zurückgekämmten Haaren, den hageren Gesichtern, den rissigen Nägeln, den frischen Hemden, sind Landarbeiter, labradores, die den ganzen Tag in der Einöde geschuftet haben und einen weiten Weg hatten hierher in die Stadtbar, zu Fuß gekommen, im Unterschied zu allen andern da Stehenden; so wie der eine dort, der allein sein Essen hineinschlingt, hier fremd ist, zur Montagearbeit ins Landrover-Werk von Linares beordert von seiner Wohnsitzfirma, fernweg auch von seiner Familie; so wie der alte Mann, der täglich draußen am Rand der Ölbaumfelder steht, zu seinen Füßen ein kleiner Hund, die Ellbogen in eine Astgabelung gestützt, dort um seine verstorbene Frau trauert. – Dem ideal Müden »wird Phantasie«, nur eine andere als etwa den Schlafenden in der Bibel oder der Odyssee, die Gesichte haben: ohne Gesichte: ihm zeigend, was ist. – Und jetzt bin ich, wenn nicht müde, so doch frech genug, um meine Phantasie der letzten Stufe der Müdigkeiten zu erzählen. Auf dieser Stufe saß der müde Gott, müde und machtlos, in seiner Müdigkeit aber – um einen Ruck müder noch als je ein Menschenmüder – allgegenwärtig, mit einem Blick, der, würde er von den Gesehenen, wo auch immer im Weltgeschehen, sich bewußt gemacht und zugelassen, doch eine Art Macht hätte.

Genug von den Stufen! Sprich doch einmal von der dir vorschwebenden Müdigkeit einfach so, wie es kommt, im Durcheinander.

Danke! Solch ein Durcheinander entspricht jetzt mir und meinem Problem. – Also: Eine Pindarsche Ode auf einen Müden, statt auf einen Sieger! Die Pfingstgesellschaft, wie sie den Geist empfing, stelle ich mir durch die Bank müde vor. Die Inspiration der Müdigkeit sagt weniger, was zu tun ist, als was gelassen werden kann. Müdigkeit: der Engel, der des einen träumenden Königs Finger berührt, während die anderen Könige traumlos weiterschlafen. *Gesunde* Müdigkeit – sie allein schon die Erholung. Ein gewisser Müder als ein anderer Orpheus, um den sich die wildesten Tiere versammeln und endlich mitmüde sein können. Die Müdigkeit gibt den verstreuten Einzelnen den Takt. Philip Marlowe

– noch ein Privatdetektiv – wurde im Lösen seiner Fälle, je mehr schlaflose Nächte sich reihten, immer besser und scharfsinniger. Der müde Odysseus gewann die Liebe der Nausikaa. Die Müdigkeit verjüngt, so wie du nie jung warst. Die Müdigkeit als das Mehr des weniger Ich. Alles wird in ihrer, der Müdigkeit Ruhe erstaunlich – wie erstaunlich doch der Papierpacken, den der erstaunlich gemächliche Mann dort unter dem Arm über die erstaunlich stille Calle Cervantes trägt! Inbegriff der Müdigkeit: In der Osternacht einst lagen bei der Auferstehungsfeier die alten Männer des Dorfs bäuchlings in der Kirche vor dem Grab, einen roten Brokatumhang an der Stelle des blauen Arbeitszeugs, die sonnenverbrannte Haut hinten am Nacken von den lebenslangen Anspannungen in ein Muster von Vielecken ähnlich dem der Erde gespalten; die sterbende Großmutter, in ihrer stillen Müdigkeit, besänftigte das ganze Haus und sogar den unverbesserlichen Jähzorn ihres Mannes; und an allen Abenden hier in Linares schaute ich dem Müdewerden der vielen Winzigkinder, mitgeführt in die Bars, zu: keine Gier mehr, kein Greifen mehr in den Händen, nur noch ein Spielen. – Und ist es bei dem allen nötig, zu sagen, daß selbst in solchen Tiefenbildern der Müdigkeit die Trennungen bestehen bleiben?

Gut und schön: Eine gewisse Anschaulichkeit ist deinem Problem nicht abzusprechen (auch wenn es die typisch dahingestammelte der Mystiker bleibt). Aber wie sind dergleichen Müdigkeiten nun zu schaffen? Sich künstlich wachhalten? Kontinentalflüge unternehmen? Gewaltmärsche? Eine Herkulesarbeit? Sich probeweise aufs Sterben einlassen? Hast du ein Rezept für deine Utopie? Munterkeitszügler für die ganze Bevölkerung in Tablettenform? Oder als Pulver, beigegeben dem Trinkwasser der Quellenhäuser im Unmüden-Land?

Ich weiß kein Rezept, auch mir selber nicht. Ich weiß bloß: Solche Müdigkeiten sind nicht zu planen; können nicht im voraus das Ziel sein. Aber ich weiß auch, daß sie nie grundlos eintreffen, sondern immer nach einer Beschwernis, im Übergang, in einer Überwindung. – Und nun laß uns aufstehen und weggehen, hinaus, auf die Straßen, unter die Leute, um zu sehen, ob uns vielleicht in der Zwischenzeit dort eine kleine gemeinsame Müdigkeit winkt, und was sie uns heute erzählt.

Aber gehört zu dem richtigen Müdesein, ebenso wie zu dem richtigen Fragen das Aufstehen, nicht das Sitzen? So wie jene alte krumme Frau in dem Gastgarten, wieder einmal weitergetrieben von ihrem auch schon grauhaarigen, doch ewig gehetzten Sohn, sagte: »Ach, *sitzen* wir doch noch!«

Ja, sitzen wir. Aber nicht hier, in der Menschenleere, im Rauschen des Eukalyptus, allein, sondern am Rand der Boulevards und der Avenidas, im Zuschauen, vielleicht mit einer Jukebox in Reichweite.

In ganz Spanien gibt es doch keine Jukebox.

Hier in Linares gibt es eine, eine sehr seltsame.

Erzähl.

Nein. Ein andermal, in einem Versuch über die Jukebox. Vielleicht.

Vor unserem Auf-die-Straße-Gehen nun aber noch ein letztes Bild der Müdigkeit!

Gut. Es ist zugleich mein letztes Bild der Menschheit: versöhnt in ihren allerletzten Augenblicken, in kosmischer Müdigkeit.

Nachtrag:

Jene Kleinvogelkäfige, aufgestellt in der Savanne, sind nicht zum Ködern der Adler da. Ein Mann, der im Abstand neben so einem Geviert saß, antwortete auf meine Frage, er trage sie hinaus auf das Feld, in die Schuttlandschaft, um so im Umkreis das *Singen* zu hören; auch die Olivenzweige, neben die Käfige in den Boden gesteckt, sollten nicht die Adler aus dem Himmel locken, sondern die Zeisige zum *Singen* bringen.

Zweiter Nachtrag:

Oder hüpfen die Zeisige doch für den Adler hoch oben – den die Leute zur Abwechslung *im Sturzflug* sehen möchten?

Linares, Andalusien, März 1989

Versuch über die Jukebox

Dar tiempo al tiempo
(Spanische Redensart)

And I saw her standing there
(Lennon/McCartney)

In der Absicht, endlich den Anfang zu einem langgeplanten Versuch über die Jukebox zu machen, kaufte er am Busbahnhof von Burgos eine Fahrkarte nach Soria. Die Abfahrtsrampen waren in einem überdachten Innenhof; am Morgen, bei dem gleichzeitigen Aufbruch mehrerer Busse Richtung Madrid, Barcelona und Bilbao, waren sie noch bevölkert gewesen; jetzt, am frühen Nachmittag, stand allein der Bus nach Soria mit ein paar eher vereinzelten Passagieren und offenen, fast leeren Ladeluken in dem Halbkreis. Als er seinen Koffer dem draußen stehenden Fahrer, oder Schaffner?, übergab, sagte dieser »Soria!« und berührte ihn zugleich leicht an der Schulter. Der Reisende wollte noch etwas von der Örtlichkeit mitkriegen und ging bis zum Anlassen des Motors auf dem Bahnsteig auf und ab. Die Losverkäuferin, die seit dem Morgen durch das Gedränge zigeunert war, ließ sich in der Leere nicht mehr blicken; er stellte sie sich bei der Mahlzeit irgendwo neben der Markthalle von Burgos vor, auf dem Tisch ein Glas schwarzroten Weins und die Losbündel der Weihnachtslotterie. In dem Asphalt des Bahnsteigs war ein großer Rußfleck; der Auspuff eines inzwischen verschwundenen Busses mußte da lange hingeblasen haben, so dick war die schwarze Schicht, die gekreuzt wurde von den Spuren vieler verschiedener Schuhsohlen und Kofferräder: Auch er durchquerte nun diesen Fleck, eigens, um den Abdruck seiner Schuhe den anderen zuzufügen, so als könnte er damit für sein Vorhaben ein gutes Omen erzeugen. Das Seltsame daran war, daß er sich einerseits einredete, es handle sich bei jenem »Versuch über die Jukebox« um etwas Nebensächliches oder Beiläufiges, und daß er andererseits, wie üblich, angesichts des bevorstehenden Schreibens Beklommenheit empfand und unwillkürlich Zuflucht zu günstigen Vorbedeutungen und Winken suchte – wenn er diesen dann auch keinen Augenblick vertraute, sich das vielmehr, wie jetzt, auf der Stelle verbot, mit dem Sichvorhalten einer Bemerkung über den Abergläubischen aus den *Charakteren* des Theophrast, die er unterwegs gerade las: Der Aberglaube sei eine Art der Feigheit vor dem Göttlichen. Doch immerhin, die Abdrücke dieser vielfältigen Schuhsohlen da, samt wechselnden Markenzeichen, einander überlagernd, weiß auf schwarz, und jenseits des Rußkreises gleich wieder verschwunden, waren ein Bild, das er mitnehmen konnte auf die Weiterfahrt.

Auch daß er den »Versuch über die Jukebox« gerade in Soria angehen würde, war schon länger geplant gewesen.

Es war jetzt Anfang Dezember, und im Frühjahr zuvor war er während eines Flugs über Spanien auf einen Revuebericht von dieser abgelegenen Stadt im kastilischen Hochland gestoßen. Soria, durch seine Lage, fernab der Verkehrswege, seit geradezu einem Jahrtausend fast außerhalb der Geschichte, sei der stillste und verschwiegenste Ort der ganzen Halbinsel; es gäbe, im Stadtkern und auch außerhalb, alleinstehend im Ödland, mehrere Bauten, samt erhaltenen Plastiken, der Romanik; trotz ihrer Kleinheit sei die Stadt Soria eine Kapitale – die Hauptstadt der gleichnamigen Provinz; in Soria habe Anfang des 20. Jahrhunderts, als Französischlehrer, dann junger Ehemann, dann gleich schon Witwer, die Gegend in vielen Einzeldingen mit seinen Versen erscheinen lassend, der Dichter Antonio Machado gelebt; Soria, über tausend Meter hoch gelegen, werde an seinen Sockeln umflossen von dem hier sehr langsamen Oberlauf des Duero, an dessen Ufern – vorbei an den von Machado, wegen der Nachtigallen, *ruiseñores*, in ihrem dichten Geäst, »tönend« genannten Pappeln *(álamos cantadores)* und zwischen den immer wieder sich zu Canyons verengenden Felswänden – laut dem auch entsprechend illustrierten Bericht weite Wege hinaus in das Unberührte führten . . .

Mit dem »Versuch über die Jukebox« hatte er vor, sich die Bedeutung dieses Dings in den verschiedenen Phasen seines nun schon lang nicht mehr jungen Lebens klarzumachen. Dabei hatte kaum einer von seinen Bekannten, die er in den letzten Monaten – als eine Art Marktforschungsspiel – danach gefragt hatte, mit dem Gerät etwas anzufangen gewußt. Die einen, unter ihnen freilich auch ein Priester, hatten nur die Achseln gezuckt und den Kopf darüber geschüttelt, daß derartiges überhaupt von Interesse sein konnte, die anderen hielten die Jukebox für einen Flipper, wieder andere kannten nicht einmal das Wort und glaubten erst bei »Musicbox« oder »Musiktruhe« zu verstehen, was gemeint war. Gerade solche Unkenntnis und Gleichgültigkeit aber – nach der ersten Enttäuschung wieder einmal, daß nicht alle die ähnlichen Erlebnisse hatten wie er – reizten ihn um so mehr, sich auf den Gegenstand, oder den Vorwurf, einzulassen, zumal es schien, als sei die Zeit der Jukeboxen in den meisten Ländern und an den meisten Orten so ziemlich vorbei (auch war er selber vielleicht allmählich über das Alter hinaus, vor Automaten zu stehen und Tasten zu drücken).

Natürlich hatte er zuvor auch die sogenannte Literatur über Jukeboxen gelesen, freilich mit dem Vorsatz, das meiste davon auf der Stelle wieder zu vergessen; zählen beim Schreiben sollte vor allem der eigene Augenschein. Es gab dann ohnedies nur wenig darüber, und das Hauptwerk war wohl, jedenfalls bisher, der 1984 in Des Moines weit weg im amerikanischen Mittelwesten erschienene *Complete Identification Guide to the Wurlitzer Jukeboxes*, Verfasser: Rick Botts. Was der Leser von der Geschichte der Jukebox behalten hatte, war schließlich ungefähr folgendes: Zur Zeit des Alkoholverbots im Amerika der zwanziger Jahre wurden in den Hintertür-Wirtshäusern, den »Speakeasies«, zum ersten Mal auch Musikautomaten aufgestellt. Unsicher die Herkunft des Wortes »Jukebox«, ob von »Jute« oder von dem Verb »to jook«, das afrikanischen Ursprungs sein sollte und »tanzen« hieß. Jedenfalls trafen sich seinerzeit die Schwarzen nach der Arbeit auf den Jutefeldern im Süden an den sogenannten »jute points« oder »juke points« und hörten dort aus den Musikautomaten für einen Nickel Billie Holiday, Jelly Roll

Morton, Louis Armstrong, welche von den Radiosendern, alle im Besitz der Weißen, nicht gespielt wurden. Das Goldene Zeitalter der Jukeboxen habe begonnen mit der Aufhebung des Alkoholverbots in den dreißiger Jahren, als überall Lokale entstanden; sogar in Geschäften wie Tabak- und Friseurläden gab es damals Plattenautomaten, wegen des Platzmangels dort nicht größer als die Kassen, neben diese auf die Theke postiert. Solche Blüte endete, fürs erste, dann mit dem Weltkrieg, als die Materialien der Jukeboxen, vor allem Plastik und Stahl, rationiert wurden. Holz ersetzte das Metall, und mitten im Krieg dann sei die Produktion völlig umgestellt worden auf Rüstung. So bauten die führenden Jukebox-Hersteller, Wurlitzer und Seeburg, damals Enteisungsanlagen für Flugzeuge und elektromechanische Teile. – Eine andere Geschichte war die der Form der Musicboxen: Durch sie sollten diese »aus der nicht immer farbenfrohen Umgebung« herausstechen. Der wichtigste Mann des Hauses war demnach der Entwerfer: Während bei Wurlitzer die Grundstruktur etwa der Rundbogen war, so verwendete Seeburg in der Regel Rechteckgehäuse mit Kuppeln obenauf, wobei es ein Gesetz zu sein schien, ein jedes neue Modell dürfe nur so weit das vorhergegangene abwandeln, daß dieses darin noch klar zu erkennen war; derart sei einmal eine besonders neuartige Jukebox in Gestalt eines Obelisken, obenauf statt eines Kopfes oder einer Flamme eine Schale mit dem Lautsprecher darin, aus dem die Musik hinauf zur Decke schallte, zum vollständigen Mißerfolg geworden. Varianten der Form kamen daher fast nur bei den von der Box ausgesendeten Lichtspielen und den Rahmenteilen in Frage: Pfau im Zentrum des Geräts, immerzu die Farben wechselnd; Plastikflächen, bisher einfach farbig, nun marmoriert; Zierleisten, bisher falsche Bronze, nun verchromt; Randbögen, neu in Gestalt durchsichtiger Leuchtröhren, ständig von großen und kleineren Wasserblasen durchwandert, »gezeichnet Paul Fuller« – wobei der Leser und Betrachter dieser Formengeschichte endlich auch den Namen von deren Hauptthelden erfuhr, und merkte, daß er den, schon seit dem ersten Staunen damals, irgendwann vor solch einem in den Regenbogenfarben strahlenden mächtigen Ding in irgendeinem finsteren Hinterzimmer, unbewußt hatte erfahren wollen.

Die Busfahrt von Burgos nach Soria ging ostwärts über die fast leere Meseta. Es war, als seien, trotz der vielen freien Plätze, in dem Bus mehr Leute versammelt als irgendwo draußen in dem ganzen kahlen Hochland. Der Himmel war grau und diesig, die wenigen Felder zwischen Felsen und Lehm lagen brach.

Ein junges Mädchen knackte und knabberte, wie sonst in den spanischen Kinos oder auf den Promenaden, mit ernstem Gesicht und träumerisch weiten Augen, ohne je einzuhalten, Sonnenblumenkerne, von denen zugleich ein Regen von Hülsen zu Boden fiel; eine Gruppe von Burschen mit Sporttaschen brachte immer neue Kassetten ihrer Musik nach vorne zum Fahrer, welcher sie bereitwillig, statt des nachmittägigen Radioprogramms, aus dem über jedem Sitzpaar befindlichen Lautsprecher schallen ließ; das eine alte Paar in dem Bus saß stumm und ohne Bewegung, und der Mann schien es gar nicht zu spüren, sooft einer der Burschen ihn im Vorbeigehen, unvorsätzlich, anrempelte; auch als einer der Jugendlichen, im Reden aufgestanden und in den Gang getreten, sich bei seinen Ausführungen an des Alten Rükkenlehne stützte und zugleich ihm vor dem Gesicht gestikulierte, duldete er es reglos, rückte nicht einmal seine Zeitung beiseite, deren Blattkanten im Luftzug des über ihm Fuchtelnden umschlugen. Das ausgestiegene Mädchen ging dann allein draußen auf einer kahlen Kuppe, den Mantel um sich gezogen, in einer wie weglosen Steppe, ohne ein Haus in Sicht; am Boden ihres verlassenen Sitzes ein Haufen von Schalen, weniger als erwartet. Später wurde die Hochebene bezeichnet von Zwischenräumen aus lichten Eichenhainen, die Bäume strauchartig klein, das volle welke Laub daran grau zitternd, und nach einem fast unmerklichen Paß – im Spanischen, so erfuhr der Reisende aus seinem Taschenwörterbuch, das gleiche Wort wie für »Hafen« –, der Grenze zwischen den Provinzen Burgos und Soria, von Schonungen glänzendbrauner Kiefern oben auf Felsen wurzelnd, viele auch, wie nach einem Sturm, aus dem bißchen Erdreich gerissen oder zersplittert, worauf diese

Nähe zu beiden Seiten der Straße gleich wieder auseinanderrückte zum vorherrschenden Ödland. In Abständen kreuzten die Schienen, verrostet, der aufgelassenen Bahnlinie zwischen den beiden Städten, oft schon überteert, die Schwellen überwachsen oder ganz verschwunden. In einem der Dörfer, unsichtbar von der Landstraße hinter steinigen Anhebungen, wohin der Bus immer wieder abbog und dann zum Umkehren, noch leerer geworden, zurückstoßen mußte, schlug das lose hängende Gassenschild an eine Hauswand; hinter dem Fenster der Dorfbar, als das einzig Sichtbare, die Hände von Kartenspielern.

In Soria war es kalt; kälter noch als in Burgos, und bitterkalt im Vergleich zu San Sebastian unten am Meer, wo er am Vortag in Spanien angekommen war. Aber es fiel nicht der Schnee, den er sich hier sozusagen als Begleiter für seine Unternehmung erhofft hatte, sondern es nieselte. In dem zugigen Busbahnhof notierte er sich gleich die Abfahrtszeiten für Madrid, oder wenigstens Zaragoza. Draußen, auf der Durchfahrtsstraße am Stadtrand, zwischen kleineren Einstürzhäusern, hochragenden Rohbauten und der Trümmersteppe (die ihm sonst zusagte), unter den Rädern den Schlammfilm zersprühend, das Getöse der wie aneinandergekoppelten Fernlaster, alle mit spanischen Kennzeichen; als er darunter einmal ein englisches Nummernschild sah, dann auch den auf den ersten Blick verständlichen, nicht erst zu übersetzenden Slogan auf der Plane, wurde es ihm für den Moment geradezu heimisch zumute. Ähnlich hatte er früher schon bei einem längeren Aufenthalt in einer solch fremden spanischen Stadt, wo niemand in der Umgebung eine andere Sprache verstand und es auch keine ausländischen Zeitungen gab, seine Zuflucht manchmal in dem einen chinesischen Restaurant dort gesucht, wo er zwar von der Sprache noch viel weniger mitbekam, jedoch sich vor dem ausschließlichen, geballten Spanischen in Sicherheit fühlte.

Es begann zu dämmern, die Umrisse wurden undeutlich. Als Richtungsschilder nur die der fernen Hauptstädte, wie Barcelona und Valladolid: So ging er mit dem schweren Koffer – er war schon lang unterwegs und hatte in Soria bis hinein ins neue Jahr bleiben wollen – straßenabwärts; öfter hatte er erlebt, daß die Zentren, gerade dieser dem ersten Blick fast unsichtbaren spanischen Städte, irgendwo unten, hinter hauslosen Steppengegenden, versteckt in den Tälern versickerter Flüsse lagen. Diese Nacht jedenfalls würde er hier bleiben; einmal, er empfand das in der Tat als eine Art Schuldigkeit, hatte er, da er nun da war, sich des Ortes zu vergewissern, ihm auch gerecht zu werden (im Augenblick, den Koffer alle paar Schritte von der einen Hand in die andere wechselnd, immer wieder den Einheimischen ausweichend, die schon ihr abendliches Geradeaus-Stolzieren begannen, gelang ihm das nicht), und zusätzlich hatte er, was seinen »Versuch über die Jukebox« betraf, und überhaupt, Zeit – was er sich jetzt, wie schon oft, einsagte, und wiederholte, diesmal mit einem Verb aus dem Griechischen, entnommen der Lektüre Theophrasts: *S-cholazo, s-cholazo.*

Dabei dachte er nur an Flucht. Dieser und jener Freund hatte ihm, der nun schon einige gute Jahre hauslos umherzog, für sein Vorhaben die Zweitwohnung oder das Dritthaus angeboten, jetzt im Vorwinter leer, mit Stille ringsum, und zugleich der gewohnten Zivilisation, vor allem der Kindheitssprache, seiner Bewegerin (zugleich Beruhigerin), bereit an dem jederzeit zu Fuß zu erreichenden Horizont. Doch seine Fluchtgedanken schlossen jede Rückkehr aus. Eine deutschsprachige Umgebung kam jetzt für ihn nicht mehr in Frage, auch nicht zum Beispiel La Rochelle, wo er sich vor ein paar Tagen angesichts des weiten Atlantik, der niedrigen, hellen Häuser, der vielen Kinos, der entvölkerten Seitenstraßen, des Uhrturms am alten Hafen, der ihn an Georges Simenon und dessen da spielende Bücher erinnerte, mit dem selbstredenden Französisch als Fremder am Platz gefühlt hatte, nicht einmal San Sebastian mit seiner so viel wärmeren Luft und seiner übersichtlichen Halbkreisbucht an dem so oft wild werdenden Golf von Biskaya, wo eben noch vor seinen Augen nachts das Flutwasser an den Rändern des Baskenflusses Urumea stromauf geschäumt – in der Mitte dagegen die Flußwellen meerzu – und in einer Bar, wenn auch unbeleuchtet, kalt, wie schon Jahre außer Betrieb, eine Jukebox, spanisches Erzeugnis, plump, fast ohne Design, gestanden hatte. Vielleicht war es ein Zwang, daß er sich solche Fluchten, den Weg zurück, verbot – es durfte nur noch weiter weg über den Kontinent gehen –, und ein Zwang vielleicht auch, daß er, nach einer Zeit des Beanspruchtseins nun ohne Pflichten und Bindungen, meinte, für sein Ansschreibengehen, sollte dieses überhaupt eine Berechtigung haben, sich ein jedes Mal regelrecht aussetzen zu müssen, in eine gerade noch zu bewältigende Unwirtlichkeit, in eine auch die tagtäglichen Lebensumstände bedrohende Grenzsituation, mit der Verschärfung, es habe, neben der Sache des Schreibens, zusätzlich eine zweite angegangen zu werden: eine Art Erkundung oder Vermessung des jeweiligen fremden Ortes und ein Sicheinlassen, allein, ohne Lehrer, auf eine Sprache, die zunächst möglichst unbekannt sein mußte.

Wegflüchten wollte er jetzt jedoch nicht

bloß vor dieser Stadt, sondern auch vor seinem Thema. Schon je mehr er sich Soria, dem vorgefaßten Ort für das Schreiben, genähert hatte, desto nichtiger war ihm der Gegenstand »Jukebox« vorgekommen. Zu Ende ging gerade das Jahr 1989, da in Europa von Tag zu Tag und Land zu Land so vieles, und so wunderbar leicht, anders zu werden schien, daß er sich vorstellte, jemand, eine Zeitlang ohne die Weltnachrichten gewesen, zum Beispiel freiwillig eingeschlossen in ein Forschungswerk oder nach einem Unfall monatelang ohne Bewußtsein, würde dann beim Lesen der ersten Zeitung diese für eine Sonderausgabe halten, worin fingiert war, die Wunschträume der geknechteten und getrennten Völker des Kontinents seien über Nacht Tatsachen geworden. Dieses Jahr, sogar für ihn, mit einer Herkunft aus der Geschichtslosigkeit und einer Kindheit wie Jugend kaum belebt, höchstens behindert, von historischen Ereignissen (und deren kinnreckenden Jubelfeiern), war das Jahr der Geschichte: Es war einmal, als könne diese, neben all ihren anderen Formen, auch ein sich selbst erzählendes Märchen, das wirklichste und wirksamste, das himmlischste so wie irdischste der Märchen sein. Vor ein paar Wochen in Deutschland hatte ein Bekannter, aufgeregt vor dem Aufbruch zur auf einmal offenen Mauer, wo er »unbedingt Zeuge der Geschichte« sein wollte, ihn zur Mitfahrt gedrängt, damit die Ereignisse, »von einem für die Bilder und die Sprache Zuständigen bezeugt werden«, und er? – hatte seine »Arbeit, Materialstudium, Sichvorbereiten« vorgeschoben, sofort, instinktiv, geradezu zurückscheuend, ohne Gedanken (freilich mit dem Bild, schon am nächsten Morgen werde in der einschlägigen staatstragenden Zeitung, ordentlich gerahmt, die erste Gedicht-Lieferung der poetischen Geschichtszeugen stehen, und am Morgen danach, ebenso, der erste Songtext dazu). Und jetzt, da die Geschichte als das große Märchen der Welt, der Menschheit, dem Anschein nach Tag für Tag weiterging, sich weitererzählte, fortzauberte (oder war es doch bloß eine Abart der alten Gespenstergeschichte?), wollte er hier sich, fernweg, in dieser von Steppen und Felswüsten umgebenen, geschichtstauben Stadt – vor den zwar allüberall da schallenden Fernsehern später eine gemeinsame Stille nur einmal bei einer Lokalnachricht, der von einem Baugerüst Erschlagenen – versuchen an einem so weltfremden Gegenstand wie der Jukebox, einer Sache »für Weltflüchtlinge«, wie er sich jetzt sagte; einem bloßen Spielzeug, laut Literatur wohl dem »der Amerikaner liebsten«, doch nur für die kurze Zeit jenes »Samstagnachtfiebers«, nach dem Ende des Kriegs. Gab es in der Jetztzeit, da jeder neue Tag ein historisches Datum war, jemand Lächerlicheren, jemand Verrannteren als gerade ihn?

Richtig ernst war es ihm mit diesen Gedanken nicht. Ganz anders setzte ihm zu, wie sehr sein kleines Vorhaben dem zu widersprechen schien, was sich, im Lauf der Jahre stärker und dringlicher, in den tiefsten seiner nächtlichen Träume ereignete. Dort in der Traumtiefe, das erfuhr er mit Wucht im Schlafen und dachte es aufgewacht weiter, zeigte sich ihm sein Gesetz als Bild, Bild um Bild. Jene Träume erzählten, und sie erzählten, wenn auch nur in monumentalen Fragmenten, die oft in den üblichen Traumunsinn übergingen, ihm gebieterisch ein weltumspannendes Epos von Krieg und Frieden, Himmel und Erde, Westen und Osten, Mord und Totschlag, Unterdrückung, Empörung und Versöhnung, Schlössern und Spelunken, Urwäldern und Sportpalästen, Verschollengehen und Heimkehr, triumphalen Vereinigungen zwischen Wildfremden und sakramentaler ehelicher Liebe, mit unzähligen, dabei scharfumrissenen Personen: vertrauten Unbekannten, den durch die Jahrzehnte wechselnden Nachbarn, den entfernten Geschwistern, Filmstars und Politikern, Heiligen und Puppen, den in den Träumen verwandelt (so wie sie in Wahrheit gewesen waren) weiterlebenden Vorfahren, und immer neu den Kindern, dem Kind der Kinder als einer der Hauptfiguren. Er selbst trat in der Regel dabei gar nicht mit auf, war bloßer Zuschauer und Zuhörer. Ebenso gesetzkräftig wie die Bilder waren die Gefühle, die dieser da hatte; manche davon erfuhr er im Wachen nie, wie etwa die Ehrfurcht vor einem bloßen Menschenantlitz, oder die Verzückung, vor dem Traumblau eines Berges, oder sogar die Gläubigkeit (auch sie dabei ein Gefühl), vor nichts als dem »Ichda«; andere kannte er zwar, aber rein und inbildhaft wurden sie ihm erst mit der den Schläfer durchglühenden Sinnlichkeit des epischen Träumens: Wie er dann statt Dankbarkeit *die* Dankbarkeit empfand, so auch *das* Erbarmen, *die* Kindlichkeit, *den* Haß, *das* Staunen, *die* Freundschaft, *die* Trauer, *die* Verlassenheit, *die* Todesangst. Aufgewacht, von solchen Träumen wie durchlüftet und durchsäuert, spürte er weit über sich hinaus den Rhythmus ausschwingen, dem er mit dem Schreiben zu folgen hätte. Und wieder, nicht zum ersten Mal, schob er die Sache hinaus, zugunsten einer Nebensächlichkeit? (Jene Träume waren es, die ihm das zu bedenken gaben, niemand anders war seine Instanz.) Und daß er meinte, unseßhaft wie er sei, könne er sich nur an Gelegenheitsarbeiten machen – schließlich hätten ja zum Beispiel auch die Kurzromane Simenons, meist in irgendwelchen ausländischen Hotelzimmern geschrieben, kaum einen epischen Anflug –, war das nicht wieder, Vorhalt des Traums, eine seiner inzwischen schon über die Zeit benutzten Ausflüchte? Warum wurde er nicht endlich seßhaft, gleich wo? Merkte er nicht, daß sein Unterwegssein oft und oft nur noch ein Herumirren war? – Damals, als der »Versuch über die Jukebox« bloß eine erste Idee gewesen war, hatte ihm ein Ausspruch Picassos als ein mögliches Motto vorgeschwebt: die Bilder mache man wie die Prinzen ihre Kinder, mit den Schäferinnen. Nie bilde man das Pantheon ab, nie male man einen Fauteuil Louis XV., sondern man mache Bilder mit einer Hütte des Midi, mit einem Päckchen Tabak, mit einem alten Stuhl. Je näher dann aber die Verwirklichung kam, desto weniger übertragbar erschien ihm dieser Maler-Satz auf einen Gegenstand des Schreibens. Zu übermächtig, zu ausschließlich und auch zu ansteckend (mit Sehnsucht, sie in die gemäße Sprache zu übersetzen) hoben die epischen Träume an, und zwar, wie er das schon seit der Jugend kannte, zu seiner steten Verwunderung, jetzt gegen die Wintersonnenwende Nacht für Nacht, ausschließlich, sozusagen verläßlich; schon mit dem ersten Halbschlafbild ging das Tor der Erzählung auf, und diese skandierte sich ihm nachtlang vor. Und außerdem: Was hatte ein Ding wie die Jukebox, Plastik, Buntglas, Chromblech, überhaupt zu tun mit einem Stuhl oder einer Feldhütte? – Nichts. – Oder doch etwas?

Er wußte von keinem Maler, in dessen Werk, auch nur als Accessoire, eine Jukebox vorkam. Nicht einmal die Künstler der Pop-Art, mit ihrem Vergrößerungsblick auf alles Serienhafte, alles Nicht-Originale, alle Zweitdinge, schienen sie eines In-den-Blick-Rückens wert zu halten. Vor ein paar Bildern Edward Hoppers, mit den vereinzelten Gestalten in den nächtlichen Bars des Stadt-Niemandslands, hatte er fast eine Halluzination davon: als seien die Dinger da, aber gleichsam weggemalt, ein leerer leuchtender Fleck. Einzig ein Sänger kam ihm in den Sinn, Van Morrison, dem »das Röhren der Jukebox für immer« gegolten hatte, aber das, ein Volksmundspruch für »schon lange her«, war »lang aus«.

Und überdies: Warum stellte er sich das, was von dem Gegenstand zu sagen wäre, gleich als ein Buch vor, wenn auch ein kleinwinziges? War in seiner Vorstellung das Ding Buch doch bestimmt für den Widerschein, Satz um Satz, des natürlichen Lichts, der Sonne vor allem, nicht aber für so etwas wie das Beschreiben des von den Drehzylindern eines Elektrogeräts in die Düsternis schummernden Kunstlichts. (So entsprach es jedenfalls seinem althergebrachten, nicht loszukriegenden Bild von einem Buch.) War so eine kleine Schrift demnach nicht eher etwas für eine Zeitung, am besten für das Wochenend-Magazin, auf den nostalgischen Seiten, samt Farbfotos der Jukeboxmodelle von einst bis jetzt?

An diesem Punkt seiner Grübeleien angelangt, bereit, alles, worauf er in den vergangenen Monaten hingedacht hatte, einfach sein zu lassen (»Schweig von dem, was dir lieb ist, und schreib über das, was dich erzürnt und herausfordert!«), entschlossen, sich fürs nächste einfach weiter, nichtstuend und auf dem Kontinent umherschauend, seiner Zeit zu erfreuen, empfand er auf einmal ein merkwürdiges Vergnügen an der möglichen Sinnlosigkeit seines Vorhabens – Freiheit! – und zugleich die Energie, sich, wenn auch möglichst woanders als in dieser weltverlassenen Stadt Soria, an das Fast-Nichts zu machen.

Für die eine Nacht fand er ein Zimmer in einem Hotel, das nach einem mittelalterlichen spanischen König hieß. Fast jeder fremde Ort, der ihm bei seinem Unterwegssein auf den ersten Blick nichtig und abgeschieden vorgekommen war, hatte sich ihm dann beim Kreuz- und Quergehen geheimnisvoll ausgedehnt und als ein Teil der Welt gezeigt; »was für eine große Stadt!«, hatte er dann immer wieder neu gestaunt, und sogar: »Was für ein großes Dorf!« Aber Soria, dessen Gassen er sich am Regenabend überließ, weitete sich nicht einmal, als er sich zur Stadt hinaus durch die Finsternis auf den Hügel des ehemaligen Kastells tastete; keine funkelnde Avenida; der Ort, nichts als ein paar fahle Schachtelwände im Knick der Gassen, gab ihm in dieser Nacht, auch als er dann von Bar zu Bar irrte, alle schon früh fast leer, belebt nun von den sich wiederholenden Lockmelodien der Glücksspielautomaten, den Anschein einer zum Überdruß vertrauten mitteleuropäischen Kleinstadt, nur mit mehr Schwärze im Weichbild – das winterverlassene Oval der Stierkampfarena –, und rings umgeben von Schwärze. Nichts, so sein Vorurteil, konnte da mehr entdeckt und geschaffen werden. Fürs erste aber war es schön, ohne Gepäck zu gehen. In der ersten Reihe eines Buchhandlungsfensters lagen nur Bücher von Harold Robbins – und warum nicht? Und auf einem Seitenplatz gegen Mitternacht leuchteten und winkten die nassen gezackten Platanenblätter. Und die Kassenhäuschen der beiden Kinos, die REX und AVENIDA hießen, hatten ihre Luken, kaum sichtbar, wie nur in Spanien, neben den breiten Eingangsfronten, gleich zur Straße hinaus, und in ihnen, halb abgeschnitten von den Rahmen, hatte sich jeweils das Gesicht gleichsam derselben alten Frau gezeigt. Und der Wein hatte keinen Kleinstadtgeschmack. Und das Muster der Gehsteigkacheln der Stadt Soria waren ineinander verhakte, an den Kanten abgerundete Quadrate, während das entsprechende Pflaster der Stadt Burgos Zinnen gewesen waren? Und das spanische Wort für »Gleichmut« war *ecuanimidad*. Und er machte sich seine Litanei aus diesem Wort, abwechselnd mit dem griechischen für das Zeithaben.

Im Traum traten hundert Personen auf. Ein General, zugleich Nachdichter Shakespeares, erschoß sich aus Kummer über den Zustand der Welt. Ein Hase lief querfeldein, eine Ente schwamm flußab. Ein Kind, vor den Augen aller, ging verschollen. Die Dörfler, man erfuhr es vom Hörensagen, starben von Stunde zu Stunde, und der Priester hatte nur noch mit dem Beerdigen zu tun. (Eigentümlich die Rolle des Hörensagens in den Träumen – es wurde weder gesagt noch gehört, drang einfach still durch die Lüfte.) Das Nasenblut des Großvaters roch nach nassem Hundefell. Wieder ein

Kind hatte den Vornamen »Geist«. Jemand verkündete, nun laut, die Wichtigkeit des Hörens in der heutigen Zeit.

Am nächsten Tag – es blieb regnerisch, und laut Zeitung war Soria wieder einmal die kälteste Provinz Spaniens – machte er sich auf den Abschiedsweg durch die Stadt. Ohne es vorgehabt zu haben, stand er auf einmal vor der Fassade, an dem Maß und den lichten, oft rundgeblasenen Sandsteinen gleich spürbar das Alter, von Santo Domingo. Welch ein Ruck verläßlich auf ihn überging von den romanischen Bauten, mit dem er auf der Stelle deren Proportionen in sich fühlte, in den Schultern, den Hüften, den Sohlen, wie seinen eigentlichen, verborgenen Körper. Ja, Körperlichkeit, das war die Empfindung, mit der er nun so langsam wie möglich, im Bogen, auf diese Kirche in der Form eines Getreidekastens zuschritt. Schon im ersten Augenblick, vor der Feingliedrigkeit der Fläche und der in sie eingelassenen Rundbögen und Figuren, hatte sich, ein Wort von Borges, »die Brüderlichkeit des Schönen« auf ihn übertragen, zugleich ergriff ihn jedoch die Scheu, sich auf der Stelle das Ganze sozusagen einzuverleiben, und er beschloß, die Abfahrt, wohin auch immer, auf den Abend zu verschieben und zuvor, wenn das Tageslicht auf den Skulpturen gewechselt hätte, noch einmal wiederzukommen. Zunächst einmal forschte er nur nach den Variationen in den sofort lieb-vertrauten Gruppenbildern. Solche waren auch da (ohne daß er erst lange suchen mußte), wie jedesmal bei den romanischen Plastiken, und sie erschienen ihm wieder als die insgeheimen Wahrzeichen des Orts. Sie zeigten sich hier in Soria sogar, so weit das Auge reichte: der fürsorgliche Hüftknick des Gott-Vaters, mit dem er dem frisch geschaffenen Adam auf die

Beine half; die an einer Stelle fast glatte – auf anderen Darstellungen durchwegs gewellte – Decke, unter der die drei heiligen Könige schliefen; das Akanthusblatt, muschelförmig, von der Größe eines Baums, sich erhebend hinter des Auferstandenen leerem Grab; im Halbkreis über dem Portal (im Mandel-Umriß schmunzelnd der Vater mit dem ebensolchen, das dicke Steinbuch reckenden Sohn auf den Knien) die Tiersinnbilder der Evangelisten einmal nicht zu Boden gekauert, sondern auf den Schoß von Engeln, und so nicht nur der wie eben erst geborene Löwe und das Stierlein, sondern sogar der mächtige Adler ... Indem er rasch wegging, blickte er sich über die Schulter von weitem um und sah so das ziselierte Gehäuse – um so deutlicher das Leergelassene –, mit dem Ausdruck Karl Valentins, »im Freien« stehen: von diesem gab der Bau, so breit wie niedrig (alle die Wohnblöcke im

Umkreis waren höher), mit dem Himmel darüber, trotz der vorbeitosenden Laster, geradezu die Idealvorstellung; der Bau, so ganz anders als die starren Fassaden der Umgebung, erschien als ein Spielwerk, tätig gerade in seiner Ruhe – er spielte. Und er hatte den Gedanken, daß damals, vor achthundert Jahren, jedenfalls in Europa, eine Formen-Epoche lang, die Menschengeschichte, die einzelne wie die allgemeine, wunderbar geklärt gewesen sei. Oder war das nur der Schein dieser allesdurchdringenden Form (keines bloßen Stils)? Aber wie war es zu einer so königlichen wie kindlichen, und so einverständlichen Form gekommen?

Soria, das zeigte sich jetzt klar bei Tag, lag zwischen zwei Hügeln, einem bewaldeten und einem kahlen, in einer Senke hinunter zum Duero; dieser floß an den letzten vereinzelten Häusern vorbei; jenseits ein weitgestrecktes Felsland. Eine

Steinbrücke führte da hinüber, mit der Straße nach Zaragoza. Zugleich mit den Pfeilerbögen nahm der Neuankömmling deren Zahl auf. Ein leichter Wind ging, und die Wolken wehten. Unten zwischen den blattlosen Uferpappeln jagte ein aufgeregter Hund dem jetzt hier, jetzt dort aufwirbelnden Laub nach. Das Schilf war ins dunkle Wasser gedrückt, nur die paar Kolben standen heraus. Der Fremde – fremd? von der Örtlichkeit hier zugelassen – nahm die Gegenrichtung zur bekannten Promenade des Dichters Machado und ging flußauf, einen Erdweg, den die Wurzeln von Fichten querten. Stille; Luftzug an den Schläfen (einmal hatte er sich vorgestellt, eine der zuständigen Firmen böte für diese Stellen des Gesichts eine spezielle Essenz an, damit der Haut dort auch noch der geringste vorbeistreichende Hauch spürbar würde, als der Inbegriff, wie sollte man es nennen?, des Jetzt).

Zurück aus der Leere, trank er in der Flußbar namens »Rio«, ein junger Zigeuner hinter der Theke, einen Kaffee. Ein paar Pensionisten, die laut Wörterbuch auf spanisch »jubilados« hießen, waren die durch die Reihe staunenden und begeisterten Betrachter des vormittägigen Fernsehprogramms. Von dem unausgesetzten Fernverkehr draußen zitterten allen die Gläser und Tassen zwischen den Fingern. In einer Ecke stand ein kaum kniehoher, zylindrischer, oben sich verjüngender Eisenofen, senkrecht gerillt, in der Mitte ein Ornament ähnlich einer Jakobsmuschel, aus der Öffnung unten das Hervorglühen des Feuers. Vom gekachelten Boden roch das am Morgen frisch gestreute Sägemehl herauf.

Draußen auf der Straße kam er beim Bergaufgehen an einem Holunder, mit einem Stamm von der Dicke eines Mammuts, vorbei, die kurzen hellen Zweige eine Myriade von einander durchflechtenden und übersteigenden Bögen. Kein Aberglaube, auch ohne derlei Bilder oder Zeichen: Er würde in Soria bleiben und, wie geplant, sich hier an seinen »Versuch« machen. Dazwischen wollte er so viel wie möglich aufnehmen von den Morgen und Abenden dieser so übersichtlichen kleinen Stadt. »Nein, von hier gehe ich nicht weg, bis die Sache geschafft ist!« In Soria würde er zuschauen, wie die letzten Blätter von den Platanen segelten. Und es herrschte jetzt in der Landschaft auch jenes dunkle klare, wie unten von der Erde ausstrahlende Licht, das ihn schon seit jeher beherzt hatte, auf der Stelle beiseite zu gehen und zu schreiben, zu schreiben, zu schreiben – ohne einen Gegenstand, oder meinetwegen auch von so etwas wie einer Jukebox. Und dort hinaus in die Weite, wo man hier, kaum aus der Stadt heraus, gleich ringsum war – in welchen

Metropolen war das der Fall? –, würde er jeden Tag vor dem Sichhinsetzen gehen, um sich die für seinen Kopf im Älterwerden mehr und mehr nötige Stille zu holen, von welcher eingestimmt sich die Sätze dann formen sollten; danach aber würde er sich dem Krach, samt ruhigeren Winkeln, der Stadt überlassen; keine Passage, kein Friedhof, keine Bar, kein Sportplatz, durften in ihrer jeweiligen Eigenheit unwahrgenommen bleiben.
Es stellte sich nun aber heraus, daß im Augenblick einige spanische Feiertage zusammenfielen – Reisezeit –, und so gab es in Soria Zimmer erst wieder für den Anfang der nächsten Woche. Das war ihm dann auch recht, so konnte er das Anfangen nach seiner Art noch einmal hinauszögern; und außerdem würde er, zum vorläufigen Ausweichen in eine andere Stadt gezwungen, bei der Abfahrt und der Rückkehr ein Bild der Lage von Soria, so allein in dem Hochland, auch

aus anderen Himmelsrichtungen, nicht nur der einen westlichen aus Burgos, bekommen – er stellte sich das für das Bevorstehende nützlich vor. Er hatte demnach zwei Tage Zeit und beschloß, den ersten im Norden, den zweiten im Osten zu verbringen, beide Male an Orten schon außerhalb von Kastilien, erst Logroño in der Weinbau-Region La Rioja, dann Zaragoza in der Region Aragon: so ergab es sich vor allem aus den Busfahrplänen. Fürs erste aber setzte er sich in eines der spanischen Hinterzimmer-Restaurants, wo er sich behütet fühlte, weil man dort für sich sein konnte und doch, durch die brettdünnen Wände und die oft offene Schiebetür, draußen die Bar mitbekam, in der es, Fernsehen und Spielautomaten inbegriffen, fast immer hoch herging.

Nur eine Nonne war mit ihm, Mitte Nachmittag, im Bus nach Logroño. Es regnete, und auf der Paßstrecke zwischen den beiden Ländern ging die Fahrt wie durch die Hauptregenwolke selber: außer ihrem Schwadengrau an den Scheiben nichts mehr zu sehen. Aus dem Busradio kam dann das »Satisfaction« von den Rolling Stones, ein Lied, das wie kaum ein anderes für jenes »Röhren der Jukebox« stand, und unter den ganz wenigen war, die sich über die Jahrzehnte in den Jukeboxen der ganzen Welt gehalten hatten (nicht ausgewechselt worden waren), »ein Standard«, dachte der eine Passagier – während der andere, im schwarzen Klosterfrauengewand, zu der raumfüllenden, gleichsam Achtung gebietenden Sonorität der Gitarre Bill Wymans sich mit dem Chauffeur über das vor einer Stunde, während er in der Geborgenheit seines Hinterzimmers gespeist hatte, nebenan in einer Seitengasse geschehene Bauunglück unterhielt, mit den zwei Toten unter Eisenstangen und frischem Beton. Es folgte im Radio dann

»Ne me quitte pas« von Jacques Brel, der Flehensgesang an die Geliebte, ihn nicht zu verlassen, wieder eines der paar Lieder, welche gleichsam die Klassiker der Jukebox bildeten, zumindest nach seinen Erkundungen in den französischsprachigen Ländern, in der Regel dort auf der Skala in der wie unantastbaren Kolonne ganz zur Rechten (dort, wo zum Beispiel in den österreichischen Musikboxen meist die sogenannte Volksmusik ihren Platz hatte, und in den italienischen, manchmal, die Opernarien und -chöre, vor allem das »Holde Aida« und der Gefangenenchor aus »Nabucco«). Seltsam aber nun, so dachte der Reisende weiter, daß dabei des belgischen Sängers Psalm, aus der Tiefe, fast nichts als Singstimme, rückhaltlos, persönlich – »das sage ich, und allein dir!« –, so überhaupt nicht in einen Automaten, öffentlich aufgestellt, mit Münzbedienung, zu passen schien – wohl aber jetzt

hierher in diesen fast leeren Bus auf den Kurven über einen bald zweitausend Meter hohen Paß durch ein zungengraues Niesel-Nebel-Niemandsland.
Das Muster der Gehsteigkacheln von Logroño waren Traubenbüschel und Weinblätter, und die Stadt hatte einen offiziellen Chronisten, dem auch in der Zeitung »La Rioja« eine tägliche Seite zustand. Statt des Duero floß hier, in seinem Oberlauf, der Ebro, statt außen herum mittendurch, wie üblich die Neustadt am anderen Ufer. Hohe Schneewächten säumten den großen Fluß und schaukelten auf den zweiten Blick als Industrieschaum, und an den Hochhausfassaden diesseits wie jenseits flappte es im Dämmerregen von den Leintuchbahnen. Obwohl er ähnliches auch in Soria gesehen hatte, und obwohl Logroño, unten in der Weinebene mit spürbar milderer Luft, sich in der Feierabendbeleuchtung als weiträumige elegante Stadt

samt Avenidas und Arkaden erwies, empfand er auf einmal bei der Vorstellung der winterlichen Ansiedlung dort hinten oben auf der Meseta, wo er doch kaum eine Nacht und einen halben Tag verbracht hatte, so etwas wie das Ziehen des Heimwehs.

Zaragoza am folgenden Tag, südostwärts und noch weiter unten im breiten Ebro-Tal, hatte als Gehsteig-Ornament sich bauchende Schlangenlinien, welche, so dachte er, die Mäander des Flusses darstellten, und erschien ihm tatsächlich, nach seinen ersten, in Spanien schon gewohnten Irrgängen auf der Suche nach dem Zentrum, als eine, entsprechend auch dem Namen des Fußballclubs, königliche Stadt. Hier hätte er täglich ausländische Zeitungen lesen, wie nur je in einer Weltstadt alle die gerade aktuellen Filme, einige wohl auch in der Originalsprache, sehen und an den Wochenenden dabeisein können, wenn die eine königliche Mannschaft gegen jene andere aus Madrid spielte, am Ball – er hatte ein kleines Fernglas im Gepäck – der leibhaftige Emilio Butragueño (mit seinem sauber bleibenden Dreß auch im Morast), welchem man einmal hatte glauben können bei seiner Antwort auf die Frage eines Reporters, ob das Fußballspiel eine Kunst sei: »Ja, für Augenblicke.« Im Theater der Stadt wurde Beckett gezeigt, wozu die Leute sich wie bei den Kinokassen die Karten lösten, und im Museum der Schönen Künste hätte er sich vor den Bildern Goyas, dessen Lehrzeit hier in Zaragoza gewesen war, die ebenso offenen Sinne für ein Tun holen können wie draußen in der Stille rings um Soria, zusätzlich der wohltuenden Frechheit, mit der dieser Maler ansteckte. Doch nur noch der andere Ort kam in Frage, wo in die Schutthänge neben den Neubauten die Schafherden schon ihre Steigmuster getreten hatten und es auch, trotz der Höhe, im Wind senkrecht aufschwirrend, die Spatzen gab – er hätte sie vermißt. (Jemand hatte einmal beobachtet, worauf man sich bei den täglichen Weltnachrichten im Fernsehen, ob mit einem Lokalaugenschein in Tokio oder Johannesburg, verlassen könne, das seien die Spatzen: Vorn das Gruppenbild der Staatsmänner oder die rauchenden Trümmer, und im Hintergrund das Spatzengeschrei.)

Was er in den zwei Städten dafür unternahm, war das Suchen, beiläufig, nach einer Jukebox; es mußte doch wenigstens je eine, in Logroño wie in Zaragoza, von früher übriggeblieben und auch noch in Betrieb sein (eine neu aufgestellte war unwahrscheinlich, in den spanischen Bars gehörte der geringste freie Platz ausschließlich den da übereinandergetürmten Glücksspielgeräten). Er glaubte, im Lauf der Zeit eine Art

Witterung bekommen zu haben für mögliche Jukebox-Orte. Wenig Hoffnung bestand in den Zentren von Städten, auch nicht in sanierten Vierteln und in der Nähe von Baudenkmälern, Kirchen, Parks, Alleen (von den Villengegenden zu schweigen). Fast nie war er auf eine Musicbox gestoßen in Kur- oder Schiorten (wohl aber waren sozusagen verdächtig deren eher namenlose, abseits gelegene Nachbarorte (o Samedan bei St. Moritz)), fast nie in Yacht- oder Badehäfen (wohl aber in Fischereihäfen und, noch häufiger, an Fährstationen: o Dover, o Oostende, o Reggio di Calabria, o Piräus, o Kyle of Lochalsh mit der Fähre hinüber zu den Inneren Hebriden, o Aomori ganz im Norden der japanischen Hauptinsel Hondo mit der, inzwischen eingestellten, Fähre hinüber nach Hokkaido), weniger oft in Lokalen auf dem Festland und im Landesinnern, als auf Inseln und in der Nähe von Grenzen.

Besonders heiß waren nach seinen Erfahrungen: Siedlungen an Durchzugsstraßen, viel zu ausgedehnt für Dörfer und doch ohne Stadtkern, abseits von jeder Art Fremdenverkehr, in fast relieflosen Ebenen ohne Seen in der Umgebung (und wenn es einen Fluß gab, dann weit außerhalb und die meiste Zeit des Jahres ausgetrocknet), bevölkert von unüblich vielen Fremden, ausländischen Arbeitern und/oder Soldaten (Garnisonsorte), und dortselbst ließen die Jukeboxen sich aufspüren weder in der Mitte – wenn diese auch bezeichnet war durch nichts als eine größere Regenlache – noch an den Rändern (dort, oder noch weiter draußen, an den Überlandstraßen, war höchstens die Diskothek), sondern in den Zwischenbereichen, am ehesten bei der Kaserne, beim Bahnhof, in der Tankstellenbar oder in einem einzeln stehenden Lokal an einem Kanal (natürlich in einer anrüchigen Gegend, »hinter den Gütergleisen« etwa, dem Gesicht noch der gesichtslosesten Konglomerationen). Einen solchen Jukebox-Parade-Ort, abgesehen von dem seiner Geburt, hatte er einmal in der friaulanischen Tiefebene mit Casarsa angetroffen, das sich wegen der im Umkreis geernteten Traubensorte den Zunamen »della Delizia« gegeben hat. Von der anmutigen, reichen und jukeboxgesäuberten Kapitale Udine war er an einem Sommerabend hier, »hinter dem Tagliamento«, angekommen, als Grund nur sechs Gedichtworte von Pasolini, der in dieser Kleinstadt einen Teil seiner Jugend verbracht hatte und später die Jukeboxen von Rom, im Verein mit den Flipperautomaten, als die amerikanische Fortführung des Krieges mit anderen Mitteln geschmäht hatte: »in der verzweifelten Leere von Casarsa«. Nach einem versuchten Rundgang über die Ränder hinaus, wegen des Verkehrs auf allen Ausfahrtsstraßen bald abgebrochen, drehte er um, betrat aufs Geratewohl die nicht wenigen Bars, und in fast einer jeden leuchtete ihm, schon von der Straße aus, eine Jukebox entgegen (die eine vornehmere hatte eine Videobox, mit einem Bildschirm hoch oben, von wo auch der Ton wegstrahlte). Und alle diese vielgestaltigen, alten und neuen, Kästen waren in Betrieb, spielten, nicht Hintergrundsmusik wie sonst oft, vielmehr vordringlich, laut; dröhnten. Es war ein Sonntagabend, und in den Lokalen – je näher er dem Bahnhof kam, dann um so mehr – fanden zum einen die Abschiede statt, und zum anderen warteten dort die Rekruten, die meisten von ihnen anscheinend gerade mit dem Zug aus einem kurzen Urlaub gekommen, die Stunden vor der mitternächtlichen Einrückpflicht ab. Die Mehrzahl von ihnen bildete dabei, mit dem Späterwerden, keine Gruppen mehr, sondern zeigten sich vereinzelt. Sie umlagerten so eine

Wurlitzer, einen Nachbau jenes klassischen regenbogenfarbigen Typs mit seinen den Bogen umwandernden Luftbläschen, derart dicht, daß die Lichtspiele des Geräts gerade hier und dort zwischen ihren Körpern durchblitzten, und ihre Gesichter und Hälse, zu dem Plattengreifer gebeugt, erschienen wechselnd in das Blau, Rot und Gelb getaucht. Die Straße, gegenüber der Bahnhof, beschrieb hinter ihnen eine weite Kurve und verschwand gleich im Dunkeln. In der Bahnhofsbar selber wurde dann schon aufgewischt. Aber noch immer standen ein paar der grau und braun uniformierten Burschen, ihre Säcke teils schon geschultert, in der Nähe der Jukebox – hier, entsprechend dem Neon, ein neueres, umschweifeloses, hellmetalliges Modell –, jeder für sich, und zugleich in dem sonst leeren Raum, mit den an die Wand geschobenen Tischen und einem Stuhl hier und dort, vor dem jetzt noch verstärkt über den nassen Kachelboden schallenden Ding wie gestaffelt. Während einer der Soldaten vor dem Wischtuch beiseite trat, blieben seine Augen, weit offen, ohne Blinzeln, unentwegt in die eine Richtung gekehrt; ein anderer verharrte, den Kopf zurück über die Schulter, ebenso auf der Vorplatz-Schwelle. Es war gerade Vollmond, in der Glastür das Rütteln, Klirren, Pochen, lang andauernd, eines dunklen Güterzugs, der die Maisfelder hinten verdeckte; an der Theke die junge Frau mit dem ebenmäßig-edlen Gesicht und der Zahnlücke. – Doch nun in den spanischen Städten trog ihn seine Witterung ein jedes Mal. Auch in den Bars der Elendsquartiere, hinter Schutthaufen, am Ende einer Sackgasse, mit dem Fingerzeig jener schlechten Beleuchtung, der ihn hier und da schon von weitem schneller werden ließ, fand er nicht einmal eine längst kalte Spur, etwa als helleren Umriß an einer rußigen Wand, seines gesuchten Gegenstands. Die Musik, die da gespielt wurde, kam – durch die Mauern ließ er sich von draußen manchmal täuschen – von Radios, Kassetten, oder, in den mehr besonderen Nischen, von einem Plattenspieler. Die spanischen Straßenbars, und es schien von ihnen in jeder Stadt so viele zu geben wie nirgends sonst auf der Welt, waren vielleicht alle entweder zu neu für solch eine fast schon urtümlich gewordene Sache (und ermangelten dazu sämtlich der dieser als Ort entsprechenden zweiten, der Hinterzimmer), oder aber zu alt, auch bestimmt vor allem für die Alten, die da voll Ernst beim Kartenspiel saßen – Jukebox und Spielerlokale ja, aber nur in den nicht so recht ernsthaften! – oder mit zwischen die Hände gestütztem Kopf, allein: Und er stellte sich vor, das Spielzeug sei in seiner Hoch-Zeit von der Diktatur hier verboten und danach eben nicht mehr gefragt gewesen. Nicht wenig freilich erfuhr er bei solch vergeblicher Suche, mit einem gewissen Vergnügen dann auch an der fast sicheren Fruchtlosigkeit, von den speziellen Winkeln, den Varianten, der einander augenscheinlich so ähnelnden Städte.

Zurück aus Zaragoza in Soria, von dessen östlicher Provinz er nachts, auf einer Zugstrecke abseits der Straßen, kaum etwas mitbekommen hatte, brauchte er nun einen für seinen Versuch geeigneten Raum; gleich am folgenden Tag wollte er endlich anfangen. Oben auf einem der beiden Hügel, oder mitten unten in der Stadt? Oben, und jeweils schon außerhalb, käme er sich vielleicht wieder einmal zu entrückt vor, und zwischen den Häusern und Straßen zu beengt. Ein Zimmer zu einem Innenhof stimmte ihn zu schwermütig, eins hinaus auf einen Platz lenkte ihn zu sehr ab, eins nach Norden wäre für das Schreiben zu wenig sonnig, in einem nach Süden würde ihn bei Sonne das Papier blenden, auf dem kahlen Hügel bliese der Wind herein, auf dem waldigen würden den ganzen Tag die Hunde der Spaziergänger bellen, in den Pensionen – er erkundete sie alle – wären die Nachbarn zu nah, in den Hotels, auch sie umkreiste er, säße er jetzt im Winter vielleicht für sein Schreibgefühl zu sehr allein. Für die Nacht blieb er erst einmal in dem Hotel auf dem kahlen Hügel. Die Straße hinauf endete vor dem steinernen Haus in einem Lehmplatz; der Weg zu Fuß in die Stadt – er probierte ihn gleich aus – führte über eine Moos- und Distelsteppe, danach an der Fassade von Santo Domingo vorbei, die beim Hinschauen mit ihrem bloßen Dasein zugleich tätig war, und gleich schon auf die kleinen Plätze, in deren Maß auch die gebirglerischen Platanen, die noch übrigen Blätter schaukelnd-wirkend, seltsam vollzählig an den Spitzen der obersten Astruten, sternförmiges

Flimmern im nachtschwarzen Himmel. Auch das Zimmer oben sagte ihm zu: nicht zu eng und nicht zu weit – gerade wo zu viel Platz war, fand er in der Regel seinen Platz nicht. Die Stadt, nicht zu nah, nicht zu fern, auch nicht zu tief unten, schien zu dem nicht zu großscheibigen, aber auch nicht zu kleinteiligen Fenster herein, an welches er, weiterprobend, gleich vom Spiegel weg den Tisch schob: zwar winzig, doch Fläche genug für ein Blatt Papier, Bleistifte und Radiergummi. Er fühlte sich hier aufgehoben; das war jetzt für die nächste Zeit sein Ort. Kam dann der andere Morgen, mit dem Probesitzen zur richtigen Stunde, im Licht des Ernstfalls, in der Temperatur, die dann auch herrschen würde bei dem Versuch: Der Raum war ihm jetzt zu laut (dabei hätte er doch wissen müssen, daß die Geräusche gerade in den sogenannten »ruhigen« Lagen, den »Herbergen des Schweigens«, indem sie statt gleichmäßig jäh kamen, plötzlich das Radio, das Lachen, das Hallen, das Stuhlrücken, das Knallen, das Sirren, noch dazu aus der Nähe und dem Hausinnern, den Fluren, den Nebenzimmern, der Zimmerdecke, für die Sammlung – war diese zerstört, entfiel dem Schreiber das Bild, und ohne das keine Sprache – weit gefährlicher waren als eine noch so tosende Straße draußen). Seltsam dann aber, daß das nächste Zimmer ihm nicht bloß zu kalt war für sein Über-die-Stunden-Sitzen (wußte er denn nicht, daß nur die Luxushotels auch tagsüber heizten, und daß er außerdem beim guten Schreiben unwillkürlich immer so atmete, daß ihn nicht fror?), sondern auf einmal auch zu still, so als ob das in Innenräumen ein Eingesperrtsein bedeute und Offenheit nur draußen in der Natur, und wie diese Art Stille jetzt im Dezember zum Fenster hereinlassen? Das dritte Zimmer hatte zwei Betten –

ihm um eines zu viel. Das vierte Zimmer hatte nur eine Trenntür – ihm um mindestens eine zu wenig ... So lernte er das spanische Wort für »zu«, ein sehr langes Wort, *demasiado*. War nicht einer der »Charaktere« oder Typen Theophrasts jener »mit dem Gegebenen Unzufriedene«, der, von der Freundin geküßt, sagt, er frage sich, ob sie ihn auch aus der Seele liebhabe, dem Zeus zürnt, nicht weil er es regnen läßt, sondern zu spät, und, auf dem Weg, einen Geldbeutel findend, sagt: »Aber einen Schatz habe ich noch niemals gefunden!«? Und auch ein Kinderreim kam ihm in den Sinn, von jemand, dem es nirgends recht war, und er wandelte ihn für sich ein wenig ab: »Es war einmal ein Mann, der kam bei Lebzeit nirgends an. / Daheim war's ihm zu kalt, da ging er in den Wald. / Der Wald war ihm zu naß, da legt' er sich ins Gras. / Das Gras war ihm zu grün, da fuhr er nach Berlin. / Berlin war ihm zu groß, da kauft' er sich ein Schloß. / Das Schloß war ihm zu klein, da ging er wieder heim. / Daheim . . .« War das jetzt nicht die Erkenntnis: daß es ihm nirgends recht war? Doch, es war ihm immer wieder wo recht gewesen – zum Beispiel? – an Orten, wo er zum Schreiben gefunden – oder wo eben eine Jukebox gestanden hatte (nur nicht in Privathäusern!). Also nur dort war er für sich am Platz gewesen, wo ohnehin, von vornherein klar, auf die Dauer kein Sein war?

Er nahm schließlich das Zimmer, das sich ergab, und es war gut; welche Herausforderung auch immer – er würde sie annehmen. »Wer wird siegen – der Lärm oder wir?« Er spitzte zum Fenster hinaus den Schock der Bleistifte, im Lauf der Reisejahre in all den verschiedenen Ländern gekauft und dann doch sehr oft wieder deutsche Marken: Wie klein war der eine da geworden, seit dem Januar in

Edinburgh – so lang war das also schon her? Indem die Bleistiftgirlanden mit dem Wind wegstoben, vermischten sie sich mit den Aschefetzen vom Rauch eines Holzfeuers, und während unten vor dem Haus, neben der Küchentür, von der es gleich in die Distel-, Schutt- und Moossteppe hinausging, ein Lehrling mit einem armlangen Messer einen Stapel noch längerer Fische putzte, flirrten und blitzten von diesen die hellen Schuppen hinauf in die Lüfte. »Gutes Zeichen, oder nicht?« – Nur war es nach dem allem zu spät, an diesem Tag noch den Anfang zu machen. Gewohnt, sein Spiel zu verzögern, war er, wieder einmal, geradezu erleichtert und nutzte den Aufschub für eine Wanderung in die Steppe hinaus, um dort, sozusagen, ein paar mögliche Wege zu testen, auf ihre Bodenbeschaffenheit – weder zu hart, noch zu weich – und auf ihre Luftverhältnisse: nicht gar zu sehr den Weststürmen ausgesetzt, aber auch nicht gar zu windstill.

Dabei nun geschah etwas mit ihm. Damals, mit dem, ja doch, Einfall, dem zugleich einleuchtenden, einen »Versuch über die Jukebox« zu schreiben, hatte er sich diesen als einen Dialog auf einer Bühne vorgestellt: Das Ding, und was es für den einzelnen bedeuten konnte, war ja für die meisten etwas so Abseitiges, daß sich eine Person, gleichsam als Vertreter des Publikums, in der Rolle des Fragers aufdrängte, und eine zweite, als der auf diesem Gebiet »Bewanderte«, im Gegensatz zu den platonischen Dialogen, wo der fragende Sokrates insgeheim mehr von dem Problem wußte als der, zumindest zu Beginn, vom Vorurteils-Wissen geschwellte Antwortverkünder: am ehesten vielleicht so, daß auch der Bewanderte erst durch die Fragen des anderen herausfand, was jeweils die »Stellenwerte« jenes Requisits in seinem Lebensspiel gewesen waren. Im Lauf der Zeit kam ihm dann das Bühnen-Zwiegespräch aus dem Sinn, und der »Versuch« schwebte ihm als ein unverbundenes Miteinander vieler verschiedener Schreibformen vor, wie es ja, schien ihm, auch den so, wie sollte er es nennen?, ungleichen? arhythmischen? Weisen entsprach, in denen er eine Jukebox erlebt hatte und sich an sie erinnerte: Augenblicksbilder sollten wechseln mit weit ausholenden, dann jäh abbrechenden Erzählläufen; auf bloße Stichworte würde eine vollständige Reportage über eine einzelne Musicbox zusammen mit einem bestimmten Ort folgen; von einem Block Notizen käme, ohne Übergang, ein Sprung zu einem von Zitaten, welcher, wiederum übergangslos, ohne harmonisierende Verknüpfung, Platz machen sollte vielleicht allein dem litaneihaften Registrieren der Titel und Sängernamen eines besonderen Fundgegenstandes – wobei er sich, als die Grundform, die dem Ganzen eine Art Zusammenhalt gäbe, weiter das Frage-Antwort-Spiel vorstellte, zwischendurch, allerdings bruchstückhaft, eingreifend und sich wieder zurückziehend, im Verein mit ähnlich fragmentarischen Filmszenen, deren Mittelpunkt jeweils eine andere Jukebox, und von dieser ausgehend jeweils ein vielfältiges Geschehen oder Stilleben, in immer weiteren Kreisen um sie herum – wenn es sich ergab, auch bis hin in ein anderes Land, oder auch nur zu dem Buchsbaum am Ende eines Bahnsteigs. Er hoffte, seinen »Versuch« ausklingen lassen zu können in eine »Ballade von der Jukebox«, einen singbaren, sozusagen »runden« Liedtext auf dieses Ding, freilich nur, wenn der sich nach all den Bildsprüngen wie von selber vortrüge. Es hatte ihm dabei geschienen, solch ein Vorgehen im Schreiben sei nicht bloß dem speziellen Objekt gemäß, sondern auch der Zeit. Wirkten die epischen Formen der vergangenen Epochen – ihre Einheitlichkeit, ihre Gesten der Beschwörung und Bemächtigung (fremder Schicksale), ihr so vielwisserischer wie ahnungsloser Totalitätsanspruch –, in heutigen Büchern praktiziert, auf ihn inzwischen nicht als ein bloßes Getue? Vielseitige kleine und größere Annäherungen, und zwar, statt in den üblichen Einfang-, in Durchlaß-Formen, waren es, was jetzt, gerade durch seine vollständigsten, innigsten, eine Einheit stiftenden Erfahrungen mit Gegenständen, für ihn bei Büchern der Fall sein sollte: den Abstand wahren; umkreisen; umreißen; umspielen – deiner Sache von den Rändern her den Begleitschutz geben. – Und nun, auf seinem Wege-Probieren ziellos in der Savanne, setzte in ihm auf einmal ein ganz anderer Rhythmus ein, kein wechselnder, sprunghafter, sondern ein einziger, gleichmäßiger, und vor allem einer, der, anstatt zu umzirkeln und zu umspielen, geradlinig und vollkommen ernst in einem fort *in medias res* ging: der Rhythmus des Erzählens. Zunächst erlebte er nur all das unterwegs ihm nacheinander Begegnende als Erzählungsglieder; was immer er da aufnahm, wurde in ihm zugleich schon erzählt; die Gegenwartsaugenblicke ereigneten sich in der Vergangenheitsform, und zwar, anders als in den Träumen, ohne Umschweife, als bloße Hauptsätze, so kurz und einfältig wie jeweils der Augenblick: »In den Drahtzaun waren Disteln geweht. Ein alter Mann mit einem Plastiksack bückte sich nach einem Steppenpilz. Ein Hund hüpfte auf drei Beinen vorbei und erinnerte an ein Reh; sein Fell war gelb, sein Gesicht weiß; graublauer Rauch kam darüber aus einer Steinhütte. Das Rasseln der Schoten in dem einzeln stehenden Baum hörte sich an wie das Schütteln von Streichholzschachteln.

Aus dem Duero sprangen die Fische, die Windwellen flußauf hatten Gischtkronen, und am anderen Ufer leckte das Wasser unter den Felsen. Der Zug aus Zaragoza war schon beleuchtet, und spärlich saßen Leute darin ...« Dann jedoch übertrug sich dieses stille Erzählen des Gegenwärtigen auch auf seinen bevorstehenden, vielfältig-spielerisch gedachten »Versuch«: Er verwandelte sich, noch vor dem ersten geschriebenen Satz, in eine Erzählung, so zwingend und machtvoll, daß alle anderen Formen auf der Stelle nichtig wurden. Nicht schrecklich erschien ihm das, sondern über die Maßen herrlich; denn im Rhythmus dieses Erzählens sprach die alleserwärmende Phantasie, der er, bei ihrem gar zu seltenen Eingreifen in sein innerstes Herz, noch immer geglaubt hatte, auch auf Grund der Stille mit ihr, selbst im schmetternden Lärm: die Naturstille, wie auch immer weit draußen, war dann nichts dagegen. Und das Bezeichnende an der Phantasie nun war, daß in ihren Bildern der Ort und die Örtlichkeit, wo er die Erzählung aufschreiben würde, miterschienen. Zwar hatte es ihn schon früher manchmal dazu gedrängt, nur hatte er dann zum Beispiel eine Birke von Köln als Zypresse nach Indianapolis versetzt, oder einen Salzburger Viehsteig nach Jugoslawien, oder den ganzen Ort des Schreibens als ein Nebending in den Hintergrund: Diesmal aber sollte Soria als Soria vorkommen (vielleicht auch mit Burgos, und auch mit Vitoria, wo ein alter Einheimischer ihm mit dem Grüßen zuvorgekommen war) und gleichermaßen Gegenstand der Erzählung sein wie die Jukebox. – Bis tief in die Nacht setzte sich in ihm jenes Wahrnehmen in der Erzählform fort: Freilich quälte es ihn längst nur noch – buchstäblich jede Nichtigkeit (der Passant mit einem Zahnstocher im Mund, auf einem Grabstein der Name »Benita Soria Verde«, die zu Ehren Antonio Machados mit Steinen und Zement ausgestopfte Gedicht-Ulme, die fehlenden Lettern in der Aufschrift HOTEL) drängte sich auf und wollte erzählt werden. Das war nun nicht mehr die zwingende, ihn warm dahintragende Bilderkraft, sondern eindeutig, vom Herzen in den Kopf gestiegen, ein kalter Zwang, ein sinnloses Immer-wieder-Anrennen gegen ein längst geschlossenes Tor, und er fragte sich, ob das ihm zunächst als göttlich erschienene Erzählen nicht ein Trug gewesen sei – ein Ausdruck seiner Angst vor all dem Vereinzelten, Unzusammenhängenden? Eine Ausflucht? Eine Ausgeburt der Feigheit? – War aber das Dahingehen eines Mannes mit einem Zahnstocher zwischen den Lippen, im Winter, auf der Meseta von Kastilien, sein Nicken beim Gruß, tatsächlich so etwas Nichtiges? – Wie auch immer: Den ersten Satz für den morgigen Anfang wollte er nicht im voraus wissen; nach all seinen vorher feststehenden ersten Sätzen war er mit dem zweiten sofort ins Stocken geraten. – Aber andrerseits: Weg mit allen sogenannten Gesetzmäßigkeiten! – Und so weiter . . .

Am Morgen des folgenden Tages. Der Tisch am Fenster des Hotelzimmers. Über das Schuttland treibende leere Plastiksäcke, sich hier und da verfangend in den Disteln. Am Horizont ein Felsenberg in der Form einer Sprungschanze, über der Anlaufstrecke eine Regenpilzwolke. Das Schließen der Augen. Das Stecken eines Papierpfropfens in die Fensterritze, durch die der Wind am stärksten hereinpfeift. Neuerliches Schließen der Augen. Herausziehen der Tischlade, an der beim ersten Schreibansatz der Griff klappert. Drittes Augenschließen. Jammergeheul. Fensteröffnen: Ein kleiner schwarzer Hund gleich darunter, an den Sockel des Hauses gebunden, regennaß, wie nur ein Hund naß sein kann; mit seinen Klagelauten, die zwischendurch kurz verstummen, sichtbar in die Steppe hinaus puffende Atemwolken. *Aullar* war das spanische Wort für »jaulen«. Viertes Schließen der Augen.

Auf der Fahrt von Logroño nach Zaragoza hatte er draußen in den winterleeren Weinfeldern des Ebro-Tals die Steinwürfel der Winzerhütten gesehen. Auch in seiner Herkunftsgegend waren, an den Wegen durch die Kornäcker, solche Hütten gestanden, freilich aus Holz, und von der Größe eines Bretterverschlags. Wie ein solcher erschienen jene Gehäuse auch von innen, mit dem Licht, das nur durch die Lattenspalten und Astlöcher kam, den Grasbüscheln im Erdboden, den Brennesseln in den Ecken, zwischen den dort angelehnten Ernte-Werkzeugen wuchernd. Und doch hatte er jede der

Hütten, auf den paar Pachtäckern des Großvaters, als einen eigenen Bereich erlebt. Ein Holunderstrauch wuchs in der Regel nebenan, dessen Krone dem in das freie Feld ausgesetzten Ding Schatten gab, und dessen Zweigbögen seitlich auch in das Hütteninnere drangen. Und dort war noch Platz für einen kleinen Tisch und eine Sitzbank, die auch draußen beim Strauch stehen konnte. In Tücher gehüllt, zum Frischhalten und gegen die Insekten, der Mostkrug und das Jausenbrot. Im Bereich dieser Verschläge hatte er sich heimischer gefühlt als je in den wohlgebauten Häusern. (In denen hatten ihn ähnliche Schauer von Am-Platz-Sein höchstens überlaufen manchmal bei einem Blick in einen fensterlosen Abstellraum oder an den Grenzlinien zwischen Innen und Außen, wo man zwar drinnen in Sicherheit war, zugleich aber Schnee und Regen von draußen einen leicht anwehten.) Dabei sah er die Feldhütten weniger als Zufluchts- denn als Rast- oder Ruhestätten. Es genügte ihm später in seiner Gegend auch ein bloßes Gewahrwerden eines hellgrau verwitterten, windschiefen Unterstands, weitweg auf einem Brachacker, im Vorübergehen, und er spürte in sich förmlich das Herz dorthin springen und in der Hütte für den Augenblick einmal zu Hause sein, mitsamt den Fliegen des Sommers, den Wespen des Herbstes und der Kälte der rostenden Ketten im Winter.

Die heimatlichen Feldhütten gab es lange nicht mehr; nur noch die viel größeren, allein zum Heuaufbewahren dienenden Wiesenscheunen. Aber schon zu ihrer Zeit, sehr früh, war für ihn ihr Haus- oder Örtlichkeitszauber auf die Jukeboxen übergegangen. Schon als Halbwüchsiger, mit den Eltern, ging er nicht ins Gasthaus, und nicht zum Limonadetrinken, sondern zur »Wurlitzer« (»Wurlitzer ls Jukebox«, war der Slogan), zum Plattenhören. Was er von seinem Gefühl des Angekommen- und Aufgehobenseins, jedesmal ja nur vorübergehend, im Bereich der Ackerhütten erzählt hatte, galt wörtlich auch für die Musicboxen. Dabei bedeuteten die äußere Form der jeweiligen Geräte und sogar die Auswahl fürs erste weniger als der besondere Klang, der davon ausging. Er kam nicht, wie zu Hause beim im Herrgottswinkel stehenden Radio, von oben, sondern aus dem Untergrund, und auch, bei vielleicht gleicher Lautstärke, statt vom üblichen Dudelkasten aus einem den Raum durchvibrierenden Innern. Es war, als sei das kein Automat, vielmehr das Zusatzinstrument, mit welchem die Musik – allerdings, so erkannte er im nachhinein, nur eine bestimmte – erst ihren Grundton bekam, vergleichbar etwa dem Geratter eines Zuges, aus dem bei seiner Fahrt über die Eisenbrücke plötzlich ein urtümliches Donnern wird. Viel später stand einmal ein Kind an so einer Jukebox (in der gerade, von ihm selbst gewählt, Madonnas »Like A Prayer« spielte), noch so klein, daß die ganze Wucht der Lautsprecher unten auf seinen Leib gerichtet war. Das Kind lauschte, ganz Ohr, ganz Ernst, ganz Versenkung, während seine Eltern schon zum Gehen an der Lokaltür standen, es immer wieder rufend, zwischendurch auch, wie um sich bei den anderen Gästen für ihren Sproß zu entschuldigen, es belächelnd, so lange, bis das Lied verklungen war und das Kind, gleichermaßen ernst und andächtig, an Mutter und Vater vorbei auf die Straße hinaus schritt. (War demnach der Mißerfolg jenes obeliskförmigen Jukebox-Modells weniger in seinem ungewohnten Aussehen als vielleicht darin begründet, daß die Musik nach oben, hinauf zur Decke, scholl?)

Anders als bei den Feldhütten aber

genügte ihm bei den Plattenautomaten nicht ihr bloßes Dastehen: sie mußten betriebsbereit sein, still summend – besser noch als gerade von fremder Hand in Gang gesetzt –, möglichst stark leuchtend, wie aus ihrem tiefen Inneren heraus; nichts Trostloseres als so ein dunkler, kalter, ausgedienter Metallkasten, möglicherweise auch noch den Blicken verschämt entzogen mit einer alpenländischen Häkeldecke. Ganz den Tatsachen entsprach das freilich nicht, denn jetzt kam ihm eine defekte Jukebox in dem japanischen Tempelort Nikko in den Sinn, auf einer langen Reise und Wanderung zwischen Süden und Norden die erste in dem Land, unter Zeitschriftenstapeln versteckt, der Münzschlitz, von ihm auf der Stelle freigelegt, mit einem Klebestreifen verschlossen – aber immerhin, endlich. Er hatte zur Feier des Fundes einen zusätzlichen Sake getrunken und draußen in der Winterdämmerung den Zug nach Tokio abfahren lassen. Zuvor war er in einem verlassenen Tempelhof, schon weit oben in den Wäldern, an einem verglühenden, noch blakenden Erdfeuer vorbeigekommen, daneben ein Rutenbesen und ein Schneehaufen, und noch weiter im Bergland hatte sich aus einem Bach ein Steinbrokken gebuckelt, an dem das Wasser beim Drüberhinwegschießen genauso geklungen hatte wie an einem bestimmten anderen Gebirgsbachfelsen – so als empfinge man, bei dafür offenen Ohren, die Übertragung einer halb gesungenen, halb getrommelten Ansprache vor der Vollversammlung der Vereinten Nationen eines Planeten fern im Weltall. In der Nacht dann in Tokio waren die Leute über die kreuz und quer auf den Bahnhofstreppen Liegenden gestiegen, und noch später, in wieder einem Tempelbereich, war vor dem Opferrauch ein Betrunkener stehengeblieben, hatte ge-

betet und war dann in die Dunkelheit weitergeschwankt.
Nicht nur der Bauchklang zählte: Auch die sogenannten »amerikanischen Schlager« nahm er damals aus den heimatlichen Jukeboxen grundanders auf als etwa aus dem Radio zu Hause. Dieses wünschte er zwar sofort lauter gedreht, sooft in der entsprechenden Sendung Paul Anka mit seiner »Diana«, Dion mit seiner »Sweet Little Sheila« und Ricky Nelson mit seiner »Gypsy Woman« kamen, zugleich aber schlechten Gewissens, daß er sich hingezogen fühlte zu solch einer Un-Musik (noch als er später beim Studium endlich einen Plattenspieler im Zimmer hatte, mit dem Verstärker im Radio, blieb der für die ersten Jahre allein dem bestimmt, was nach der Übereinkunft den Namen Musik verdiente). Aus der Jukebox jedoch ließ er selbstbewußt tremolieren, heulen, brüllen, klirren und wummern, was ihn – nicht bloß

erfreute, sondern auch mit Schaudern der Wonne, Wärme und des Gemeinschaftsgefühls überzog. In dem hallenden Stahlgitarren-Ritt von »Apache« wurde das miefkalte und verrülpste »Espresso-Stübchen« an der Durchfahrtsstraße von der »Stadt der Volksabstimmung von 1920« zur »Stadt der Volkserhebung von 1938« angeschlossen an eine ganz andere Elektrifizierung, mit der man, an der leuchtenden Skala in Hüfthöhe, die Nummern von »Memphis, Tennessee« wählen konnte, in sich selbst den geheimnisvollen »Schönen Fremden Mann« heranwachsen spürte und das Rumpeln und Quietschen der Laster draußen auf der Bundesstraße umgewandelt hörte in das gleichmäßig sonore Dahinziehen eines Trecks auf der »Route Sixty-Six«, mit dem Gedanken: Gleich wohin einmal – nur Aufbruch!

Obwohl auch in seiner Gegend die Musicboxen ein Treffpunkt für die Samstagnacht-Tänze waren – ein großer Halbkreis um sie herum war in der Regel freigelassen –, wäre ihm selber dergleichen dann nie in den Sinn gekommen. Wohl schaute er gerne den Tanzenden zu, die in der Schummernis der Lokale vor dem massigen, wie aus dem Boden dröhnenden Lichtergestell zu bloßen Umrissen wurden – nur war für ihn eine Jukebox, wie früher die Ackerhütten, ein Ding der Ruhe, oder etwas zum Ruhigwerden, zum Stillesitzen, in ziemlicher Reg- und fast Atemlosigkeit, unterbrochen nur vom gemessenen, geradezu zeremoniellen, »Drücken«-Gehen. Nie auch geriet er bei seinem Jukebox-Lauschen, wie sonst bei der Musik, die ihm nahkam – sogar der strengklassischen, und der wie eigens entrückten der Epochen davor –, jedesmal und auf der Stelle außer sich, oder wurde fiebrig, oder träumte dahin. Gefährlich am Musikhören, hatte ihm einmal jemand erzählt, sei dessen Vorgaukeln eines erst noch zu Tuenden als bereits Getanem: Der Jukebox-Klang jener Anfangszeit dagegen ließ ihn sich buchstäblich sammeln, weckte, oder oszillierte, in ihm einzig seine Möglichkeitsbilder und bestärkte ihn darin.

Die Orte, wo man wie nirgends sonst sich besinnen konnte, wurden in den Universitätsjahren dann manchmal zu Ausfluchtsorten, vergleichbar den Kinos; während er sich in diese jedoch eher hineinstahl, betrat er seine verschiedenen Jukebox-Cafés jeweils sorgloser, mit der Selbstbeschwichtigung, die bewährten Orte der Sammlung seien auch die richtigen für das Lernen. Das erwies sich als eine Täuschung, denn wenn er sich den in solcher Öffentlichkeit durchgegangenen Stoff dann im stillen, etwa vor dem Einschlafen, zu wiederholen versuchte, war in der Regel wenig davon übrig. Was er einer jener Nischen oder Unterschlüpfe in der Kälte des Studiums allerdings verdankte, waren Erlebnisse, für die er jetzt, beim Aufschreiben, nur das Beiwort »wunderbar« hatte. An einem Spätwinterabend saß er, in den Skripten das um so stärker anstreichend, was er umso weniger aufnahm, in einem seiner bewährten Jukebox-Cafés. Dieses lag an einem für dergleichen eher untypischen Ort, am Rand des Stadtparks, und auch die Kuchenvitrinen und die Marmortischchen paßten nicht zu seinem Ding. Die Box spielte, aber er wartete wie immer auf die von ihm selbst gedrückten Nummern; dann erst war es richtig. Auf einmal, nach der Plattenwechselpause, die, mitsamt ihren Geräuschen – dem Klicken, dem Suchsurren, hinwärts und herwärts durch den Gerätbauch, dem Schnappen, dem Einrasten, dem Knistern vor dem ersten Takt –, gleichsam zum Wesen der Jukebox gehörte, scholl von dort aus der Tiefe eine Musik, bei der er zum ersten Mal im Leben, und später nur noch in den Augenblicken der Liebe, das erfuhr, was in der Fachsprache »Levitation« heißt, und das er selber mehr als ein Vierteljahrhundert später wie nennen sollte: »Auffahrt«? »Entgrenzung«? »Weltwerdung«? Oder so: »Das – dieses Lied, dieser Klang – bin jetzt ich; mit diesen Stimmen, diesen Harmonien bin ich, wie noch nie im Leben, der geworden, der ich bin; wie dieser Gesang ist, so bin ich, ganz!«? (Wie üblich gab es dazu eine Redensart, aber, wie üblich, entsprach sie nicht ganz: »Er ging in der Musik auf«.) Ohne zunächst wissen zu wollen, wer die Gruppe war, deren Stimmen, getragen von den Gitarren, gleichermaßen einzeln, durcheinander und endlich unisono erbrausten – er hatte in den Jukeboxen bisher die Allein-Sänger bevorzugt –, staunte er einfach. Auch in den folgenden Wochen, da er täglich für Stunden in das Lokal kam, um in diesem großen, dabei so leichtsinnigen Schall zu sitzen, den er sich von den anderen Gästen bieten ließ, verharrte er in einem Staunen, das keine Namens-Neugier kannte. (Unversehens war die Musicbox der Mittelpunkt der »Parkstube« geworden, wo sonst mehr die Gestelle der Zeitungshalter klapperten, und als Platten folgten aufeinander in einem fort nur die paar jener Gruppe Namenlos.) Als er dann aber bei seinem selten gewordenen Radiohören einmal erfuhr, wie der Chor der frechen Engelszungen hieß, die mit ihrem mir nichts, dir nichts hinausgeschmetterten »I want to hold your hand«, »Love me do«, »Roll over Beethoven« alles Gewicht der Welt von ihm nahmen, wurden das die ersten sozusagen »unernsten« Platten, die er sich kaufte (er kaufte in der Folge fast nur noch solche), und war dann in dem Säulen-Café er es, der solange die Tasten für »I saw her standing there« (eben an der Jukebox) und »Things we said today« drückte (inzwischen blind, die Zahlen und Buchstaben besser im Kopf als die Gesetzestexte), bis da eines Tages die falschen Lieder, die lügnerischen Stimmen losschnickschnackten: man hatte das alte Schild stehenlassen und den »aktuellen Hit«, deutschsprachig, untergeschoben . . . Und heute noch dachte er, das Anfänger-Schallen der Beatles im Ohr, aus jener von Parkbäumen umstandenen Wurlitzer: Wann würde je wieder solch eine Anmut in die Welt treten?

In den Jahren darauf verloren die Jukeboxen für ihn von ihrer Magnetkraft – weniger vielleicht, weil er die Musik nun eher in den Wohnungen hörte, und sicherlich nicht, weil er älter wurde, sondern – so glaubte er zu erkennen, als er sich an den »Versuch« machte – weil er inzwischen im Ausland lebte. Selbstverständlich warf er immer noch sofort eine Münze ein, sooft er sich, in Düsseldorf, Amsterdam, Cockfosters, Santa Teresa di Gallura, vor einem seiner dienstbereit brummenden und farblichterspielenden Haus-Freunde fand, aber das war eher eine Gewohnheit oder Tradition, und das Zuhören geschah dabei meist nur noch mit halbem Ohr. Ihr Sinn kehrte dagegen auf der Stelle zurück bei seinen episodischen Zwischenstationen dort, wo eigentlich seine Stammgegend hätte sein sollen. Wo die einen ihr erster Weg daheim »auf den Friedhof«, »an den See« oder »in das Stammlokal« führte, so ihn, oft gleich von der Bushaltestelle, nicht selten zu einer Musicbox, von der gehörig durchdröhnt er sich, hoffentlich, weniger fremd und ungelenk auf seine übrigen Wege machte.

Und doch war dann von Jukeboxen im Ausland zu erzählen, die nicht bloß nebenher ihre Platten, sondern auch eine Rolle, im Mittelpunkt größerer Geschehnisse, gespielt hatten. Das war dabei jedesmal, über das bloße Ausland hinaus, an einer Grenze gewesen; an dem Ende einer vertrauten Art Welt. War Amerika sozusagen »die Heimat der Jukeboxen«, so hatte sich ihm aber dort keine je auf diese Weise eingeprägt – es sei denn, und dort immer wieder, in Alaska. Nur: Gehörte Alaska für ihn zu den »Vereinigten Staaten«? – An einem Heiligen Abend war er so in Anchorage angekommen und nach der Weihnachtsmette, wo dann vor der Tür der kleinen Holzkirche unter all den Unbekannten, ihn eingeschlossen, eine seltene Fröhlichkeit gewirkt hatte, noch in eine Bar gegangen. In der Schummrigkeit und dem Durcheinander der Betrunkenen sah er dort an der funkelnden Jukebox als die einzige ruhige Gestalt eine Indianerin stehen. Sie hatte sich ihm zugewendet, ein großes, stolzes, auch spöttisches Gesicht, und das wurde das einzige Mal, daß er zum Pochen einer Jukebox mit jemandem tanzte. Selbst die ansonsten zum Raufen Bereiten wichen ihnen dabei aus, so als sei diese Frau, jung, oder eher alterslos, wie sie war, gleichsam die Raumälteste. Später waren sie miteinander durch eine Hintertür gegangen, wo in einem vereisten Hof ihr Überlandwagen, die Seitenfenster bemalt mit den Umrissen der Alaska-Kiefern an einem leeren Binnensee, parkte; es schneite. Aus dem Abstand, ohne daß sie, außer in der Leichthändigkeit des Tanzens, einander berührt hatten, forderte sie ihn auf, mit ihr zu kommen, sie betreibe mit ihren Eltern eine Fischerei in einem Dorf dort jenseits des Cook-Inlet. Und für diesen Augenblick wurde ihm klar, daß in seinem Leben endlich einmal eine nicht von ihm allein, sondern von jemand anderem vorgestellte Entscheidung möglich war: Sofort konnte auch er es sich vorstellen, mit der fremden Frau hinter die Grenze dort im Schnee zu ziehen, vollkommen ernst, für immer, ohne Wiederkehr, auch mit dem Aufgeben seines Namens, seiner Art Arbeit, jeder einzelnen seiner Gewohnheiten; diese Augen da, jener Ort jenseits des Vertrauten, oft vorgeschwebt – es war der Moment, in dem Parzival vor der erlösenden Frage stand, und er? vor dem entsprechenden Ja. Und wie Parzival, und nicht weil er unsicher war – er hatte ja das Bild –, sondern als sei ihm das eingefleischt und gehöre sich so, zögerte er, und im nächsten Moment war das Bild, die Frau, buchstäblich in der Schneenacht verschwunden. Die folgenden Abende ging er immer wieder in das Lokal, wartete auf sie bei der Jukebox, fragte dann sogar und forschte nach ihr, aber obwohl sich viele an sie erinnerten, konnte ihm keiner sagen, wo sie zu Hause war. Noch ein Jahrzehnt später war dieses Erlebnis mit der Anstoß, daß er vor dem Rückflug von Japan sich eigens einen Vormittag für ein amerikanisches Visum anstellte, dann tatsächlich im wiederum winterdunklen Anchorage ausstieg und für einige Tage kreuz und quer durch die schneeverwehte Stadt zog, an deren klarer Luft und weiten Horizonten sein Herz hing. Sogar nach Alaska war inzwischen die neue Kochkunst gedrungen, und jener »Saloon« hatte sich in ein »Bistro« verwandelt, mit der zugehörigen Speisekarte, ein Aufstieg im Ansehen, das naturgemäß, und so war es nicht nur in Anchorage zu sehen, neben dem hell und leicht gewordenen Mobiliar keine schwere altertümliche Musikmaschine mehr duldete. Ein Indiz für eine solche aber waren die aus einer schlauchförmigen Baracke wie aus der hintersten Ecke dort auf den Gehsteig torkelnden Gestalten – aller Rassen – oder ein draußen zwischen den Eisschollen, von einer Polizeistreife umzingelt, um sich Schlagender – in der Regel ein Weißer –, der dann, bäuchlings zu Boden gestreckt, die Schultern und die ihm hinten an die Schenkel geknickten Schienbeine festgeschnürt, die Hände am Rücken in Handschellen, schlittenförmig aufgekrümmt auf Eis und Schnee zu dem hinten offenen Abtransportfahrzeug befördert wurde: Da im Innern der Baracke begrüßte einen dann verläßlich, gleich vorn neben der Theke, auf der die Köpfe speichelnder und erbrechender Schläfer (Männer wie Frauen, vor allem Eskimos) ruhten, eine klassisch den Raumschlauch beherrschende Jukebox, mit den entsprechend urwüchsigen Liedern – man konnte etwa darauf zählen, sämtliche Singles der Creedence Clearwater Revival vorzufinden und sogleich durch die Schwaden John Fogertys inständiges finsteres Klagen schneiden zu hören, darüber, daß er auf seiner Sängerirrfahrt »irgendwo den Zusammenhang« verlor, und »Hätte ich wenigstens einen Dollar, für jedes Lied, das ich sang!«, während unten vom Bahnhof, im Winter nur für Güter offen, das Signal einer Lok mit der für den Hohen Norden sonderbaren Aufschrift »Southern Pacific Railway« seinen die Stadt durchtönenden langgezogenen einzigen Orgelton hören läßt und an einem Draht von der Brücke zu dem nur Sommers offenen Bootshafen ein erdrosselter Rabe baumelt.

Waren die Musicboxen demnach etwas für Müßiggänger, für die Stadt- und die, heutzutage moderneren, Weltteil-Flaneure? – Nein. Er jedenfalls suchte sie weniger auf in den Zeiten des Nichtstuns als jenen der Arbeit, oder eines Vorhabens, und, das besonders, nach der Rückkehr aus all den Ausländern in den Bereich seines Herkommens. Was vor den Stunden des Schreibens das Gehen zur Stille, war danach, fast ebenso regelmäßig, das Gehen zu einer Jukebox. – Um sich abzulenken? – Nein. Er wollte, wenn er schon einmal etwas auf der Spur war, um nichts in der Welt mehr davon abgelenkt werden. Sein Haus war mit der Zeit tatsächlich ein Haus ohne Musik geworden, ohne Plattenspieler und dergleichen; sooft im Radio nach den Nachrichten gleich welcher erste Takt einsetzte, schaltete er ab; auch wenn ihm die Zeit lang wurde, in den Stunden der Leere und der stumpf gewordenen Sinne, genügte die Vorstellung, er säße statt so für sich jetzt vor dem Fernseher, und er zog seinen augenblicklichen Zustand vor. Sogar die Kinos, die doch früher nach der Arbeit eine Art Obhut gewesen waren, mied er immer mehr: zu oft befiel ihn inzwischen, gerade in ihnen, eine Weltverlassenheit, aus der er befürchtete, nie mehr zurück und zu seiner Sache zu finden, und daß er dann mitten im Film hinausging, war allein die Flucht aus solch nachmittäglichen Alpträumen. – Also ging er zu den Jukeboxen, um sich, wie am Anfang, zu sammeln? – Auch das war es nicht mehr. Vielleicht konnte er, der in Soria im Lauf der Wochen versucht hatte, die Schriften der Teresa von Avila zu buchstabieren, das »Sitzengehen« zu seinen Dingern nach dem Am-Schreibtisch-Sitzen mit einem etwas frechen Vergleich erklären: Die Heilige war beeinflußt gewesen von einem Glaubensstreit vor ihrer Zeit, Anfang des 16. Jahrhunderts, zwischen zwei Gruppen, betreffend die Annäherungsweise an Gott: die eine, die sich dazu »sammeln« zu sollen glaubte – die sogenannten *recogidos* – durch Zusammenziehen der Muskeln und dergleichen, und die andern, *dejados*, »Lasser« oder »Gelassene« genannt, die sich untätig einfach dem überließen, was der Gott in ihrer Seele, *alma*, anzurichten wünschte, und die Teresa von Avila schien dann näher den

Lassern als den Sich-Sammlern gewesen zu sein, denn wenn jemand darauf aus sei, sich mehr Gott zu geben, könne er dabei überwältigt werden von dem Dämon – und so saß sozusagen auch er bei seinen Jukeboxen, nicht um sich zu konzentrieren für das Weitertun, sondern um sich dafür zu lassen. Ohne daß er anderes tat, als ein offenes Ohr für die besonderen Jukeboxakkorde zu haben – »besonders« auch, weil er, an einem öffentlichen Ort, ihnen nicht ausgesetzt war, sondern sie gewählt hatte, gleichsam persönlich sie »spielte« –, gestaltete sich dann in ihm, der sich ließ, die Fortsetzung: Längst leblos gewordene Bilder kamen in Schwung und Schwebe, brauchten so nur noch niedergeschrieben zu werden, während er neben (spanisch *junto*, verbunden) der Musicbox Bob Marleys »Redemption Songs« hörte; und mit dem Tag für Tag wiederholten »Una notte speciale« der Alice trat in die

Erzählung, an welcher er saß, unter anderem, sich weiter und weiter auffächernd, eine ganz ungeplante Frauenfigur; und anders als bei zu vielem Trinken, hatte, was er sich bei solchem Hören notierte, am Tag darauf Bestand. Nicht allein zum, möglichst weiten, Gehen brach er also in jenen Bedenkzeiten auf (die wurden nie mit Absicht, zu Hause, am Tisch, fündig – ein willkürliches Denken kannte er nur als Vergleichen und Unterscheiden), sondern auch hinaus zu den Jukebox-Lokalen. Wenn er dann in der Zuhälterbar saß, deren Box einmal eine Pistolenkugel abbekommen hatte, oder in dem Arbeitslosencafé mit dem Tisch für die Freigänger aus der nahen Nervenklinik – stumme, reglose Bleichgesichter, in Bewegung nur für das Schlucken der Tabletten mit Bier –, wollte ihm niemand glauben, nicht wegen des Milieus sei er gekommen, vielmehr zum wiederholten Hören von »Hey Joe« und

»Me and Bobby McGee«. – Hieß das aber nicht, daß er die Jukeboxen aufsuchte, um sich, wie man so sagte, aus der Gegenwart wegzustehlen? – Vielleicht. Das Gegenteil war jedoch dann in der Regel der Fall: Neben seinem Ding bekam, was sonst noch herumwar, eine ganz eigene Gegenwärtigkeit. Wenn möglich, nahm er in jenen Lokalen seinen Sitz dort ein, wo er den ganzen Raum und noch einen Ausschnitt von draußen im Auge hatte. Da kam es nun, im Verein mit der Jukebox, zusammen mit dem Dahinphantasieren, ohne das ihm so zuwidere Beobachten, oft zu einem Sich-Verstärken, oder eben Gegenwärtigwerden, auch der anderen Anblicke. Und was sich an ihnen vergegenwärtigte, waren weniger die Auffälligkeiten oder die Reize als die Üblichkeiten, auch nur die gewohnten Formen oder Farben, und solche verstärkte Gegenwart erschien ihm dabei als etwas

Wertvolles – nichts Kostbareres und Überlieferungswürdigeres als sie; eine Art des Gewärtigwerdens wie sonst nur bei einem die Bedachtsamkeit weckenden Buch. Es *besagte* dann etwas, einfach, wenn ein Mann ging, ein Strauch sich bewegte, der Obus gelb war und zum Bahnhof abbog, die Straßenkreuzung ein Dreieck bildete, die Kellnerin an der Tür stand, die Kreide auf dem Rand des Billardtisches lag, es regnete, und, und, und. Ja, das war es, der Gegenwart wurden die Gelenke eingesetzt! So verdienten ein Augenmerk sogar die kleinen Gewohnheiten von »uns Jukeboxspielern« und die wenigen Varianten. Während er selber beim Drücken meist eine Hand in die Hüfte gestützt hatte und sich, fast in Berührung mit dem Ding, ein wenig vorbeugte, wählte ein anderer beidhändig breitbeinig im Abstand, mit von sich gestreckten Armen wie ein Techniker, ließ der dritte seine Finger von den Tasten auffliegen wie ein Pianist, ging danach sofort weg, seiner Sache sicher, oder blieb, wie auf ein Versuchsergebnis wartend, bis zum Einsetzen des Tons stehen (und verschwand dann vielleicht ohne weiterzuhören hinaus auf die Straße), oder ließ grundsätzlich all seine Spiele nur von anderen in Gang setzen, denen er vom Tisch aus die auswendig gewußten Kennzeichen zurief – wobei ihnen allen gemein war, daß sie in einer Jukebox so etwas wie ein Wesen, eine Art Haustier, zu sehen schienen: »Seit gestern will sie nicht so recht«, »Ich weiß nicht, was die heute hat, sie spinnt.« – Galt ihm denn tatsächlich eines dieser Geräte wie das andere? – Nein. Es gab bestimmende Unterschiede, zwischen klarer Abneigung und geradezu Zärtlichkeit oder ausgesprochener Ehrerbietung. – Vor einem Serienerzeugnis? – Vor den Menschenspuren daran. Die Form des Geräts selbst zählte für ihn mit der Zeit noch weniger. Seinetwegen konnte die Jukebox, als Kriegserzeugnis, auch aus Holz sein, oder statt »Wurlitzer« »Musiktruhe«, »Symphonie« oder »Fanfare« heißen und das Kästchen-Aussehen solch eines deutschen Wirtschaftswunderdings haben, sogar völlig lichterlos sein, aus dunklem, undurchsichtigem Glas, geräuschlos und dem Anschein nach kaltgestellt, wo dann aber nach dem Münzeinwurf die Schrift für die Mehrfachwahl aufleuchtete und nach dem Tastendrücken aus dem Innern das Surren anhob, begleitet von dem Suchlicht außen an der schwarzen Glasfront. Nicht einmal jener besondere Jukebox-Klang war ihm inzwischen mehr so entscheidend, aus der Tiefe wie unter vielen lautlosen Schichten wirkend, das ganz eigentümliche Röhren, das oft erst mit dem Lauschen sich hören ließ, ähnlich, so dachte er einmal, wie in William Faulkners Erzählung eben der »Strom«

in dem horizontweit von ihm überschwemmten Land sich tief unter den stillen, stehenden Seewassern hören läßt als »the roaring of the Mississippi«: Bei Bedarf begnügte er sich mit einem Wandkasten, wo der Ton flacher, oder blecherner, herauskam als je aus einem Handradio, und zur Not, im Lokallärm, der Ton unhörbar geworden, tat es sogar ein gewisses rhythmisches Vibrieren der Luft, aus welchem er den Refrain oder auch bloß einen Takt der – einzige Bedingung – von ihm gewählten Musik heraushörte, woraus dann in seinem Ohr, von Vibration zu Vibration, das ganze Lied sich vorspielte. Einen Widerwillen dagegen hatte er vor jenen Musicboxen, wo das Angebot der Lieder, statt einmalig zu sein und am Standort »persönlich« sortiert, selber Teil einer Serie war, von Ort zu Ort, quer durch ein ganzes Land, gleich, variantenlos, und den einzelnen Lokalen vorgesetzt, ja, aufgezwungen von einer namenlosen Zentrale, welche er sich nur als eine Art von Mafia, der Mafia der Jukeboxen, vorstellen konnte. Solche – es gab in allen Ländern inzwischen fast nur noch sie – Serienblöcke ohne Spielarten, mit einer Auswahlmöglichkeit allein unter dem gerade Aktuellen, erkannte man schon, auch wenn sie in ein altehrwürdiges Wurlitzermodell eingelassen waren, an dem nicht einmal mehr maschinegeschriebenen, sondern vorgedruckten Programm, vorgefertigt über die einzelnen Schildchen mit den Sängernamen und Liedtiteln hinaus das ganze Feld. Doch seltsamerweise mied er auch jene Jukeboxen, deren Programmtafel, wie die Speisekarte bestimmter Restaurants, von oben bis unten, von links bis nach rechts, eine einzige persönliche Handschrift zeigten, obwohl in der Regel gerade da jede einzelne Platte wie für ihn allein bestimmt war: Das Programm einer Jukebox sollte ihm keine Absicht – auch keine noch so edle – verkörpern, keine Kennerschaft, kein Eingeweihtsein, keine Harmonie – es hatte ihm ein Durcheinander vorzustellen, mit seinem Teil an Unbekanntem (mit den Jahren mehr und mehr) und auch gehörig vielen Stücken zum Flüchten, dazwischen freilich, um so kleinodhafter, genau die Weisen (ein paar wenige, herauszusuchen aus dem unübersichtlichen Feld, genügten), die ihm im Augenblick entsprachen. Auch solche Musicboxen gaben sich schon an ihren Auswahlflächen zu erkennen; mit dem Mischmasch von Maschin- und Handgeschriebenem, und vor allem der Vielfalt der oft von Titelschild zu Titelschild wechselnden Handschriften, eine in Blockbuchstaben, mit Tinte, die nächste in lässiger, fast stenographischer Sekretärinnen-Manier, die meisten aber, auch bei unterschiedlichsten Schlaufen und Buchstabenrichtungen, mit dem Anschein besonderer Sorgfalt und Ernsthaftigkeit, manche, Kinderschriften gleich, wie gemalt, und zwischen all den Fehlern immer wieder vollkommen richtig geschriebene (samt Akzenten und Bindestrichen), für die betreffende Kellnerin wohl sehr fremdländisch gewesene Liedernamen, das Papier hier und dort schon vergilbt, die Schriften verblichen und schwer zu entziffern, vielleicht auch überklebt von frischbeschriebenen Plättchen mit einem anderen Titel, aber, da durchscheinend, wenn schon unleserlich, doch eine starke Ahnung gebend. Mit der Zeit immer mehr galt sein erster Blick auf das Auswahlfeld einer Jukebox statt »seinen« den mit solchen Handschriften bezeichneten Platten, und wenn es nur eine einzige war. Und es kam vor, daß er, mochte sie ihm auch vorher fremd oder ganz unbekannt gewesen sein, gerade diese dann anhörte. So hatte er einmal in

der Nordafrikanerbar einer Pariser Vorstadt, vor einer Jukebox (an deren durchweg französischen Einheitsnummerntafel sofort als Mafialieferung kenntlich) am Rand doch einen Aufkleber entdeckt, handbeschrieben, mit sehr großen, unregelmäßigen Buchstaben, jeder geprägt wie ein Ausrufezeichen, hatte das eingeschmuggelte arabische Lied gewählt, dann immer wieder, und war noch jetzt hier begleitet von jenem weithin schallenden SIDI MANSUR, das, so sagte der für einen Augenblick aus seiner Stummheit erwachende Barmann, der Name eines »besonderen, nicht gewöhnlichen Ortes« sei (»man geht dort nicht einfach so hin!«).
Sollte das heißen, daß er das Verschwinden seiner Jukeboxen, dieser gestrigen Gegenstände, wahrscheinlich auch ohne zweite Zukunft, bedauerte?
Nein. Er wollte nur, bevor es auch ihm selbst aus dem Blick geriet, festhalten

und gelten lassen, was ein Ding einem bedeuten und, vor allem, was von einem bloßen Ding ausgehen konnte. – Die Gaststätte einer Sportanlage am Stadtrand von Salzburg. Außen. Ein heller Sommerabend. Die Jukebox steht im Freien, neben der offenen Tür. Auf der Terrasse von Tisch zu Tisch verschiedene Gäste, Holländer, Engländer, Spanier, die sich jeweils in ihren Sprachen unterhalten, denn das Lokal bedient auch den anschließenden Campingplatz, vor dem Flugfeld. Es ist Anfang der achtziger Jahre, der Flughafen ist noch nicht der »Salzburg Airport«, die letzte Maschine bei Sonnenuntergang gelandet. Die Bäume zwischen Terrasse und Sportplatz sind Birken und Pappeln, in der warmen Luft ein unentwegtes Blätterflirren vor dem tiefgelben Himmel. An einem Tisch sitzen die Einheimischen, die Mitglieder des »Arbeitersportvereins Maxglan« mit ihren Frauen. Die Fußballmannschaft, damals noch in der zweiten Liga, hat am Nachmittag wieder ein Match verloren und wird wohl absteigen. Jetzt am Abend aber reden die Betroffenen, während an der Schankluke ein ständiges Kommen und Gehen ist – von den Zelten hin und zurück –, auch einmal von den Bäumen. Sie betrachten sie dabei: Wie groß sie geworden und wie gerade sie doch gewachsen sind, seit sie, die Vereinsmitglieder, seinerzeit die Schößlinge gemeinsam und eigenhändig drüben aus der schwarzen Moos-Erde ausgegraben und in Reihen eingepflanzt haben in die braune Lehmerde hier! Das Lied, das die Jukebox draußen, in den Pausen das Rauschen und Raspeln der Blätter und das Gleichmaß der Stimmen, an jenem Abend immer wieder in das mähliche Dunkelwerden hinausträgt, wird gesungen mit unternehmungslustiger Stimme von Helen Schneider und heißt »Hot Summer Nites«. Das Lokal ist dabei innen vollkommen leer, und zu den offenen Fenstern wehen die weißen Vorhänge herein. Dann sitzt einmal doch jemand in einer Ecke, eine junge Frau, lautlos weinend. – Jahre später. Ein Gasthaus, eine *gostilna*, auf einer Kuppe des jugoslawischen Karstes, etwas abseits der Durchfahrtsstraße von Štanjel (oder San Daniele del Carso). Innen. Eine wuchtige altertümliche Jukebox neben dem Schrank, auf dem Weg zum Klosett. Hinter Kunstglas sichtbar Plattenkreis und Spielteller. Für den Betrieb werden statt Münzen Jetons gebraucht, und es genügt dann nicht das Drücken der Taste – es gibt nur eine –, sondern zuvor hat eine Skala gedreht zu werden, bis die gewünschte Nummer und der Richtstrich zusammenpassen. Der mechanische Arm legt dann die Platte mit einer Eleganz auf, vergleichbar dem Ellbogenknick, mit dem ein formvollendeter Kellner ein Gericht serviert. Die *gostilna* ist weitläufig, mit mehreren Räumen, die an diesem Frühherbstabend – draußen bläst ohne je eine Minderung über das Hochland von den Nordbergen her die *burja* oder *Bora* hin – voll, von fast nur jungen Leuten, sind: ein Schlußfest mehrerer Klassen aus allen Republiken Jugoslawiens; sie haben sich hier erstmals, über Tage, getroffen. Einmal dringt durch den Wind von den Felsen herauf das typische Signal des Karstzugs, mit dem dunklen Ton einer Gebirgsfähre. Dem üblichen Tito-Bild gegenüber hängt an einer Wand ein ebenso farbiges, nur noch viel größeres eines Unbekannten: Es ist das Porträt des ehemaligen Inhabers, der sich das Leben genommen hat; seine Frau sagt, er sei nicht von hier gewesen (wenn auch nur aus dem nächsten Taldorf). Das Lied, das an diesem Abend, gedrückt von einem der Schüler nach dem andern, immer wieder durch die Säle geht, wird gesungen als ein selbstbewußtes, dabei kindlich-heiteres und sogar, in der Vorstellung von einem Volk, tanzbares Unisono und hat als Refrain ein einziges Wort: »Jugoslavija!« – Noch einmal Jahre später. Wieder ein Sommerabend, noch vor der Dämmerung, diesmal auf der italienischen Seite des Karstes, richtiger, genau an der Grenze des einst aus dem Meer gehobenen Kalksockels zur felslosen Tiefebene, bezeichnet hier durch die Gleise des Bahnhofs von Monfalcone: jenseits davon gleich die zum Plateau ansteigende Steinwüste, an diesem Schienenstück verdeckt von einem Kiefernwäldchen – diesseits das Stationsgebäude, umgeben von der sofort ganz anderen Vegetation der Zedern, Palmen, Platanen, Rhododendren, samt dem zugehörigen Wasser, reichlich sich bei sorglos offenem Hahn aus dem Bahnsteigbrunnen ergießend. Die Jukebox steht in der Bar, unter dem nach der Tageshitze weit offenen Fenster; offen auch die Tür, hinaus auf das Gleisfeld. Sonst ist das Lokal fast ohne Mobiliar; das wenige ist beiseite geschoben, und es wird bereits aufgewischt. In dem nassen Terrazzoboden scheinen die Lichter der Jukebox wider, ein Glanz, der dann mit dem Trocknen allmählich verschwindet. Sehr blaß zeigt sich das Gesicht des Barmädchens im Fenster, gerade im Vergleich mit den gebräunten der draußen wartenden paar Reisenden. Nach der Abfahrt des Schnellzugs Triest-Venedig erscheint das Gebäude dann leer; einzig auf einer Bank ringen miteinander lauthals zwei Halbwüchsige, deren Spielplatz der Bahnhof im Augenblick ist. Aus der Finsternis zwischen den Karstkiefern drüben schwirren schon die Nachtfalter hervor. Ein langer versiegelter Güterzug klirrtpocht vorbei, außen an den Waggons, als das einzig Helle, die an ihren Schnüren nachwehenden kleinen Plomben. Mit der folgenden Stille – es ist die Zeit zwischen den letzten Schwalben und den ersten Fledermäusen – setzt an dem Ort der Jukebox-Klang ein. Die Jugendlichen raufen noch ein bißchen weiter. Nicht zum Hören, wohl eher zufällig, treten zwei Beamte aus ihren Büros auf den Quai, und aus dem Warteraum kommt eine Putzfrau. Auf einmal zeigen sich überall in dem Bereich bisher übersehene Gestalten. Auf der Bank beim Buchsbaum ein Schlafender. Im Gras hinter der Toilette lagert eine ganze Gruppe von Soldaten, ohne eine Spur von Gepäck. Auf dem Bahnsteig für Udine, gelehnt an einen Pfeiler, ein massiger Schwarzer, ebenfalls ohne Gepäck, allein in Hemd und Hose, vertieft in ein Buch. Aus dem Kieferndickicht dahinter kurvt immer wieder, eins dicht hinter dem andern, ein Taubenpaar. Es ist, als seien sie alle hier keine Reisenden, sondern die Bewohner, oder Ansiedler, des Bahnhofsgebiets. Dessen Zentrum ist der Brunnen, mit dem schäumenden, in der Brise verwehenden und spritzenden Trinkwasser und den Spuren, rings im Asphalt, vieler nasser Sohlen, denen der letzte Trinker jetzt ausdrücklich seine eigenen beimischt. Ein wenig weiter, den Gleisen entlang, zu Fuß zu erreichen, kommt der unterirdische Karstfluß Timavo ans Licht, mit drei Armen, die zur Zeit Vergils, laut *Äneis*, noch neun waren, wird gleich breit und mündet auch schon ins Mittelmeer. Das Lied, das die Jukebox da spielt, erzählt von dem Brief einer jungen Frau, die es weit weg verschlagen hat aus ihrer Gegend und von allem Gewohnten wie Erträumten, und die nun ganz tapferes, vielleicht auch trauriges Staunen ist, wird gesungen in das abendliche Bahnhofsland von Monfalcone hinaus von der Freundinnen-Stimme der Michelle Shocked und heißt »Anchorage, Alaska«.

Während der Wochen in Soria gelang es

ihm manchmal, von dem, was er tat, zu denken: »Ich tue meine Arbeit. Sie entspricht mir.« Daneben kam ihm einmal jenes »Ich habe Zeit« ohne den üblichen Hintergedanken in den Sinn, als der eine große Gedanke. Es regnete und stürmte über die kastilische Hochebene fast jeden Tag, und er benützte seine Bleistifte auch zum Befestigen des Vorhangs in den Fensterritzen. Mehr setzte ihm immer noch zu der Lärm. Aus dem Fische-Abschuppen unten vor der Küchentür wurde ein tägliches Zerlegen, mit dem Beil, ganz anderer Tiere, und die so anmutig geschlungenen Wege gleich draußen in der Steppenhalde stellten sich als Moto-Cross-Strecke heraus. (Soria bewarb sich, erfuhr er, sogar für die Europameisterschaft.) Im Fernsehen betrachtet war dieser Sport, mit den gleich Video-Spielfiguren in die Lüfte federnden Helden, etwas Bewundernswertes, aber am Tisch jetzt erschien ihm das

Surren einer Hornisse gegen seinen Kopf im Vergleich eine Wohltat. Immer wieder kam er von unterwegs voll Kraft – seiner Art Kraft – zur Arbeit zurück und verlor sie im Tumult auf der Stelle. Der Krach zerstörte, nicht nur etwas für den Augenblick, sondern für immer. Das Bedenkliche war, daß er dabei in Gefahr geriet, eine Tätigkeit wie sein Bilder-Erfühlen und das entsprechende Worte-Setzen, die so viel Abgeschiedenheit benötigte, geringzuschätzen. Andererseits hatte er sich in der Stille tatsächlich zuweilen verirrt, und war gerade in der Schwäche – dem Zweifel, noch mehr der Hoffnungslosigkeit –, rein aus ihr heraus und der Umgebung zum Trotz, an sein Tun gehend, jeweils erstarkt. Täglich zog er seinen Bogen an der Fassade von Santo Domingo vorbei – nein, das war, im Gegensatz zu den Neubauten dahinter, keine Front. Ruhe ging davon aus, er brauchte sie nur aufzunehmen. Zum

Staunen die Erzählweisen der Skulpturengeschichten: Eva, von Gott dem Adam zugeführt, stand zugleich schon Rücken an Rücken mit ihrem Mann, wie er in der Szene danach zu dem Baum der Erkenntnis aufschaut, und die Kunde der Auferstehung, von einer der Frauen dem ersten in der sehr langen Reihe der Apostel gegeben, pflanzte sich gleichzeitig, zu sehen an den sprechenden Körperhaltungen, schon bis nach hinten fort; nur der letzte, bewegungslos, schien noch nichts zu wissen. Vor der Arbeit ging er mit kleinen Schritten, danach mit größeren, nicht aus Triumphgefühl, sondern weil ihm schwindlig war. Bergaufgehen ließ ihn tiefer atmen und klarer denken, nur durfte es nicht zu steil sein, weil ihm sonst die Gedanken zu hitzig wurden. Ebenso zog er das Stromaufgehen der anderen Richtung vor, es hatte etwas von einem Entgegengehen, auch mit der aus dieser kommenden Energie.

Wollte er sich vom Grübeln abhalten, so nahm er den Weg auf den Schwellen der ausgedienten Zuglinie Soria-Burgos, oder noch weiter zur Stadt hinaus ins Dunkle, wo er auf jeden Schritt achten mußte. Kam er aus der Finsternis der Steppe dann in die Straßen zurück, war er von dem Dahintasten so angespannt, daß er sich vor dem Figurenspiel von Santo Domingo lockern und die Starre aus dem Gesicht walken wollte. Er wiederholte seine Wege, fügte nur täglich eine Variante hinzu; dabei erschien es ihm, als warteten auch alle sonstigen Wege darauf, begangen zu werden. An der Promenade Antonio Machados lagen ganze Jahrgänge von Taschentüchern und Präservativen. Tagsüber waren in den Steppen außer ihm fast nur alte Männer unterwegs, in der Regel einzeln, mit abgetretenen Schuhen; bevor sie sich schneuzten, zogen sie umständlich die gefalteten Taschentücher hervor und schüttelten sie. Vor der Arbeit machte er sich eine Regel daraus, wenigstens einen von ihnen zu grüßen, auch in der Absicht, zurückgegrüßt zu werden; ehe er den Augenblick dieses Lächelns nicht erlebt hätte, wollte er nicht in sein Zimmer; manchmal blieb er sogar eigens stehen und ließ sich überholen, um zu dem »Hola!« und dem Köpfewerfen zu kommen. Noch vorher las er, in der Zentralbar von Soria an einem großen Fenster, mit Hilfe des Wörterbuchs täglich die Zeitung. *Llavero* war der »Schlüsselbund«: mit erhobenem Schlüsselbund nahm eine Frau an einer Demonstration in Prag teil; *dedo pulgar* war der Daumen: der amerikanische Präsident streckte zum Zeichen der erfolgreichen Blutspritztour nach Panama seinen Daumen in die Luft; *puerta giratoria* war die Drehtür (durch die Samuel Beckett seinerzeit in die Pariser »Closerie des Lilas« getreten war). Die Nachricht von der

Exekution des Paares Ceauçescu las er nicht mit Genugtuung, sondern mit altem, frischerwachten Grauen vor der Geschichte. Wann immer es sich ergab, entzifferte er Theophrasts Charaktere weiter und gewann viele von ihnen, jedenfalls in einigen ihrer Züge – die er vielleicht auch als die seinen erkannte –, lieb; es schien ihm, ihre Schwächen und Dummheiten seien Zeichen einsamer Menschen, die mit der Gesellschaft, in diesem Fall der griechischen Polis, nicht zurechtkamen und, um doch auf eine Weise dazuzugehören, mit dem Mut der Verzweiflung ihr lächerliches Spiel spielten; wenn sie übereifrig, extra-jugendlich, prahlerisch, oder, am einleuchtendsten, immer die »Leute des falschen Moments« waren, so kam das oft bloß daher, daß sie unter den andern, auch ihren Kindern und Sklaven, nicht ihren Platz fanden. Zwischendurch hob er den Blick durch das Fenster hinaus zu einer

Platane – noch mit schütterem Laub – und daneben zu einem schon völlig kahlen Gebirgsahorn, in dem dafür fast verläßlich, außer bei starkem Sturm, knospengleich die Spatzen hockten, so still, daß die daneben auf der Stelle wippenden, flatternden, ruckenden Zackenblätter vogelähnlicher waren. Das stärkste Ortsgefühl hatte er unten an der Brücke über dem Fluß, weniger angesichts der Steinbögen und des dunkel dahinziehenden Winterwassers als des Schildes auf dem Brückenzenit: RIO DUERO. Die eine der Bars auf der Schwelle hieß »Alegria del Puente«, Freude der Brücke, und sowie er das Schild las, hatte er sofort den Umweg, *rodeo*, da hinein unternommen. Aus den Uferhängen, wo sie nicht nackter Fels waren, witterten aus der Erde rundgeschliffene Gletscherblöcke heraus, an den Resten der Stadtmauern, weit draußen in der Steppe, hatte der Wind der

Jahrhunderte die gelben Sandsteine gerillt, gestriegelt, gekolkt, gemustert, und einige alte Paläste an der Plaza Mayor sah er auf Sockeln aus naturzementierten Kieseln stehen, auf den Grund damals der Gletscherseen gesunken. Im Vorübergehen ein wenig in der Landschaft lesen zu können, war erdend, und er erfuhr, in Spanien sei die Geographie immer eine Dienerin der Geschichte gewesen, der Eroberungen und Grenzziehungen, und erst jetzt werde mehr auf die »Botschaften der Orte« geachtet. Manchmal lebten gerade im Winter die Farben. Während der Himmel schwefelte, grünte darunter ein Brachacker, und auch die Pfade durch die Trümmerfelder zeigten sich moosgrün. Während sonst alles längst schon verdämmert war, bildete ein Hagebuttenbusch einen leuchtroten Bogen. Ein Elsternpaar schwirrte auf, dessen Flügel die Luft noch einmal hell machten wie schnell sich drehende

Räder. An dem Tag, da es nicht regnete, wehten um die Stadt herum kleine Staubfahnen auf, und er bekam eine Ahnung von dem Sommer hier. Wolkenschatten zogen über das kahle Hochland, wie aus dessen Untergrund gerissen – so als gäbe es Wolkenschatten zwar überall, aber hier in Kastilien sei ihre Heimat. In einer Morgenstunde war einmal kein Wind, in der klaren Sonne zeigten sich sowohl die nördliche als auch die östliche Sierra erstmals in Schnee, und obwohl beide Ketten eine kleine Flugreise entfernt waren, sah er die gleißenden Hänge gescheckt von Wolkenschatten, reglos, die windstille Stunde lang. In Gedanken war er so sehr mit dem Schnee beschäftigt, daß er sich diesen einmal vor der Haustür unwillkürlich von den Schuhen klopfte. Ein paarmal klarte auch, wenn er sich draußen durch die Einöden tastete (er schickte sich eigens dorthin), kurz der Nachthimmel auf, und um so erstaunlicher wirkte es dann, wie Kastor und Pollux ihren brüderlichen Abstand zeigten, die Venus gleißte, der Aldebaran arabisch funkelte, das W der Kassiopeia weite Schenkel machte, der Große Wagen seine Deichsel abknickte und der Hase auf der Flucht vor dem Jäger Orion waagrecht durch das Firmament schoß. Die Milchstraße mit ihren zahlreichen Delta-Zweigen war der bleiche Widerschein des Anfangsblitzes des Universums. Seltsam das Gefühl der »langen Zeit« während seines Dezembers in Soria: Schon nach dem ersten Schreibtag erblickte er unten den Fluß mit dem Gedanken: »Da ist er ja, der alte Duero!«; war ihm, als er für ein Wochenende den Rundgang vorbei an der Rio-Bar versäumt hatte, vor deren kleinem Eisenofen dann, er habe diesen grauen Zylinder »schon ewig nicht mehr« besucht; dachte er, kaum eine Woche nach seiner Ankunft am Busbahnhof vorbeimäandernd: »Hier bin ich damals mit dem Koffer in den Regen getreten!« Mitten im Sturmdröhnen unten im Steppengras das Tapsen einer Kröte. Den Platanenblättern, bevor sie abfielen, brach zuerst der Stengel, franste, drehte sich an den Fransen. Rührte der Hahn in dem Schlammgarten, wo die ungereiften Tomaten zum Fraß lagen, seine Bannerfedern hinten von selbst, oder war das der Wind? Seine Wappentiere waren freilich jene Hunde, die er am Abend hinkend, auf drei Beinen, heimirren sah: Auch ihm knickte am Ende der Tagewege in der Regel ein Knie ein. Einmal, als Soria, laut Zeitung, nicht die kälteste Stadt Spaniens war, empfand er Enttäuschung. Auf der Hauptstraße wurde ein Topf mit der roten Weihnachtsblume getragen, unter den grünen, immer noch nicht gefallenen, immer nassen Platanenblättern; keinmal in den Wochen versiegten die Teiche um die Wurzelmulden. Der

Nebel war dunkelgrau und ließ aus den Bergkiefern um so bedrohlicher die vielen weißen Kokons mit den nadelfressenden Prozessionswürmern stechen. Am Christtag regnete es so stark, daß bei seiner gewohnten Stadtdurchquerung außer ihm nur ein einzelner Spatz auf der Straße schien. Dann traten aus dem Provinzgefängnis, ohne Schirm, eine sehr kleine Frau und ihr großer Sohn und gingen über das Schlammfeld zu einer dort aufgeschlagenen Notbaracke, und er stellte sich vor, sie hätten hinter den haushohen Mauern gerade ihren Angehörigen, einen der Basken im Hungerstreik, besucht und campierten hier, bis man ihn freiließe. Am Abend blitzte es plötzlich zwischen den Regensträhnen und traf ihn mit Wucht auf Stirn und Kinn, und als er schaute, kam auch schon ein Auto mit weißem Dach von auswärts, und oben im Nachtschwarz gerieten ein paar Flocken aus ihrem Stürzen ins Schweben: »Nieve!« dachte er, unwillkürlich sein erstes Wort in Spanisch. In einer Bar erscholl, einmal ohne den üblichen zigeunerischen Vergeblichkeitston, freudig, überzeugt, im Gestus eines Boten, ein Flamencogesang, und wieder hatte er eine Vorstellung: das sei endlich die entsprechende Art – nicht die »Weihnacht«, vielmehr die »navidad«, die Geburt, zu besingen; derart erzähle einer der Hirten, was er in jener heiligen Nacht erlebt hatte, und sein Erzählen sei selbstverständlich zugleich ein Tanz. Wie überall auf der Welt sah er auch hier die Passanten, die schon beim ersten Regentropfen den immer bereiten Schirm aufspannten, und auch in die Meseta war die Mode eingezogen, daß die jungen Mädchen beim Betreten eines Lokals sich die Haare aus der Stirn bliesen. Winddonnern, wie das Startbrausen eines Flugzeugs (ein solches tatsächlich fast nie über der Stadt zu hören), in den Pappeln am Duero. Eine große Henne pickte einem kleinen Hahn, der im Dreck auf einem Bein stand, fürsorglich den Kamm aus. In einem kahlen Mandelbaum war schon ein einzelner Zweig mit weißen Blütenknospen. Die meisten der Übel, die er aus seiner gewohnten Umgebung kannte, auch die in ihm selber, blieben hier, behaust, wie er wieder einmal war von seiner Arbeit, fern, und doch konnte auf die Dauer ein Lebensgefühl, das erkannte er in Soria, nicht aus dem kommen, was abwesend war. Reif lag auf den Baumwurzeln, die einen Weg stuften. Einmal detonierte etwas draußen, während er am Tisch saß, und er hörte es als Tempelglocke.

Am Ende glaubte er, zu fast jedem Winkel der Stadt abgebogen zu sein (er memorierte diese »rincones«, als seien es Vokabeln). Vielleicht ein Hundert von Häusern betrat er, denn wie sich mit dem gewissenhaften Umherstreifen herausstellte, gab es in dem kleinen Soria weit über hundert Bars, abseits in Querpassagen, oft ohne Lokalschilder, wie so vieles in den spanischen Orten den ersten Blicken entzogen und nur den Ansässigen vertraut – gleichsam ihnen allein vorbehalten. Immer wieder fand er da an den Wänden, neben den Verlautbarungen der Jagdzeiten und den Torero-Porträts, Gedichte Antonio Machados, auch als Wandkalender, einige dann überkritzelt, eines sogar mit einem Hakenkreuz, doch, wie ihm schien, nicht aus den bekannten Gründen, sondern weil sie, jedenfalls die als Wandschmuck ausgewählten, von der Natur handelten. Zum Wundern, in wie vielen Lokalen nur Junge waren, und wie noch mehr ausschließlich, auch ausdrücklich, ohne Zutritt für sonst jemand, Altenbars (mit einem Tisch in der Ecke für die alten Frauen): dem Augenschein nach ein stärkeres Getrenntsein als gleichwelches politisches. Die meisten Pensionisten der Provinz verbrachten hier in der Kapitale ihre »Jubel«-Jahre, und wenn sie in ihren Bars nicht Karten spielten, saßen sie für sich still am Tisch oder kramten und stöberten unaufhörlich auf der Suche nach etwas in den Räumen herum. Jung und Alt und er, der Landfremde, dazu: Gleichermaßen bleich lagen ihrer aller Winterhände auf den Theken, während im Laternenschein draußen sich zum Beispiel in einer Betonmauer die Schrammen zeigten, hinterlassen von dem niederstürzenden Stahlgerüst, das damals bei seiner Ankunft die zwei Passanten erschlagen hatte.

Neben seiner Lust an der Variante dieser so gleichförmig erscheinenden Orte trieb es ihn auch, gerade in Soria eine Jukebox zu finden, zuerst wohl wieder aus Zwang, später aber mehr und mehr, weil jetzt die richtige Zeit für sein Spielwerk gewesen wäre: Arbeit, Winter, die Abende nach den langen Wegen im Stromregen. Einmal, schon weit draußen an der Carretera nach Valladolid, hörte er dort in der Landstraßenbar ein tiefes Tönen, das dann freilich bloß zu einem Flipper mit Geisterbahnstationen gehörte; in einer Tankstellenbar sah er die Aufschrift WURLITZER – auf einem Zigarettenautomaten; in einem Abbruchhaus des *casco*, des Stadtkerns, von Soria, rundum nur Schuttgruben, erblickte er in der andalusisch gekachelten Bar dort die Wähltafel eines uralten Marconi-Geräts, eines Vorläufers der Jukebox, als bloße Wandzier; das einzige Mal, daß er in Soria sein Ding zu Gesicht bekam, war im Kino »Rex«, in einem englischen Film, der zu Anfang der sechziger Jahre spielte: Da stand es, im Hinterzimmer, für den Moment, in dem der Held auf dem Weg zum Pissoir daran vorbeiging. Die einzige sozusagen lebende Jukebox in Spanien blieb für ihn die aus Linares,

Andalusien. Auch damals, im Frühjahr, hatte er so ein Spielwerk nötig gehabt: Arbeit, Getöse der Osterwoche. Jene Jukebox, auf die er erst kurz vor der Abfahrt gestoßen war, die Suche längst aufgegeben, begrüßte ihn im Souterrain einer Seitenstraße. Ein Lokal von der Größe eines Abstellraums, kein Fenster, nur die Tür. Unregelmäßig geöffnet, und wenn, nur am Abend, aber auch dann das Schild oft unbeleuchtet – es war an der Tür zu probieren, ob etwa ausnahmsweise Betrieb war. Der Inhaber ein alter Mann (das Hauptlicht einschaltend erst, wenn ein Gast kam), mit der Jukebox meist allein. Diese hatte die Seltsamkeit, daß alle Wählschilder leer waren, ähnlich einer Klingeltafel unten an einem Hochhaus, bei der sämtliche Namen fehlen; wie das ganze Lokal dem Anschein nach stillgelegt; die Buchstaben-Ziffern-Kombinationen allein, am Kopf dieser Leerstreifen. Dafür waren aber an die

Wand überall, kreuz und quer, bis zur Decke, Plattenhüllen geheftet, handschriftlich die zugehörigen Chiffren bei den Titeln, und so, nachdem der Automat, jeweils erst auf Verlangen, eingeschaltet war, konnte die gewünschte Platte – der Bauch des wie ausgeweideten Dings erwies sich als voll davon – in Gang gesetzt werden. So viel Raum war auf einmal, mit dem monotonen Wummern tief innen im Stahl, in dem kleinen Unterstand, so viel Ruhe breitete sich aus an jenem Ort, inmitten der spanischen und der eigenen Getriebenheit. Das war in der Calle Cervantes von Linares, mit dem aufgelassenen Kino gegenüber samt dem Schriftrest »Estreno«, Erstaufführung, und den Zeitungsknäueln und Ratten im vergitterten Vorraum, zu der Zeit, als auf den Steppen außerhalb der Stadt die hartköpfigen Steppenkamillen blühten, und mehr als dreißig Jahre, nachdem in der Arena von Linares

Manuel Rodriguez, genannt Manolete, von einem Stier getötet worden war. Ein paar Schritte unter dem Lokal, welches *El Escudo*, Das Wappen, hieß, war das chinesische Restaurant von Linares, manchmal für den Auswärtigen ein ähnlicher Ort der Ruhe da wie die Jukebox. Auch in Soria begegnete ihm dann, überraschend, ein wie verstecktes chinesisches Restaurant, es wirkte geschlossen, doch die Tür ging auf, und als er es betrat, wurden die großen Papierkugellampen eingeschaltet. Er blieb an dem Abend der einzige Gast. Nie hatte er in der Stadt die asiatische Familie gesehen, die hier an dem langen Ecktisch aß und dann in die Küche verschwand. Einzig das Mädchen blieb und bediente ihn stumm. An den Wänden Bilder der Großen Mauer, von der das Lokal seinen Namen hatte. Seltsam, als aus der Schüssel mit der dunklen Suppe beim Eintauchen des Porzellanlöffels die hellen Köpfe der Sojasprossen schauten, hier in dem kastilischen Hochland, wie die Figuren aus einem Zeichentrickfilm, während im Nachtsturm vor dem Fenster die Pappelruten klickten. Das junge Mädchen, sonst untätig, malte am Nebentisch chinesische Zeichen in ein Heft, dicht auf dicht, in einer Schrift viel regelmäßiger als die seine in diesen Wochen (nicht nur die Sturmstöße, der Regen und die Dunkelheit beim Notieren im Freien, seit er am Tun war, hatten sie derart verzogen), und während er ihr, die in dieser Gegend, in diesem Spanien, doch unvergleichlich fremder sein mußte als er, immer weiter zuschaute, spürte er mit Staunen, daß er jetzt erst wirklich aufgebrochen war von dort, wo er herkam.

Versuch über den geglückten Tag

Ὁ φρονῶν τὴν ἡμέραν κυρίῳ φρονεῖ

Der den Tag denkt, denkt dem Herrn

An die Römer, 14,6

Wintertag: Auf dem Pferd gefriert der Schatten

Bashō

Ein Selbstbildnis des Malers William Hogarth, in London, ein Augenblick aus dem achtzehnten Jahrhundert, mit einer Palette, auf dieser, sie zweiteilend, ungefähr in der Mitte, eine leicht geschwungene Linie, die sogenannte »Line of Beauty and Grace«. Und ein flacher, gerundeter Stein vom Ufer des Bodensees auf dem Schreibtisch, in dem dunklen Granit, als Diagonale, mit einer feinen, wie spielerischen, genau im rechten Moment von der Geraden abweichenden Krümmung, eine kalkweiße Ader, welche beide Hälften des Kiesels trennt und zusammenhält. Und auf jener Fahrt in jenem Vorortzug zwischen den Seine-Hügeln westlich von Paris, zu jener Stunde des Nachmittags, da in der Regel Frischluft und -licht manch morgendlichen Aufbruchs verbraucht sind, nichts mehr natürlich ist und nur noch das Abendwerden, vielleicht, aus der Tagklemme hilft, jenes plötzliche Ausscheren der Gleisstränge, zu einem weiten Bogen, fremdartig, zum Staunen, hoch über der unversehens sich in der Flußniederung frei wegdehnenden ganzen Stadt samt ihren, dort auf der Höhe etwa von St. Cloud und Suresnes, so verrückt wie wirklich sich auftürmenden Wahrzeichen, mit welch unvorhergesehener Kurve, heraus aus der Enge, der Tageslauf, in einer Sekunde des Übergangs von Wimpernstarre zu Wimpernzucken, neu Richtung bekam und die fast schon abgetane Idee von dem »geglückten Tag« wiederkehrte, begleitet von dem Schwung, der heiß macht, sich zusätzlich an einer Beschreibung, oder Aufzählung, oder Erzählung der Elemente und Probleme solch eines Tags zu versuchen. Die »Linie der Schönheit und der Anmut« auf Hogarths Palette scheint sich regelrecht den Weg durch die unförmigen Farbmassen zu bahnen, wirkt zwischen diese eingegraben, und zugleich ist es, als werfe sie einen Schatten.

Wer hat schon einen geglückten Tag erlebt? Sagen werden das zunächst von sich wahrscheinlich die meisten. Und es wird dann nötig sein, weiterzufragen. Meinst du »geglückt« oder bloß »schön«? Sprichst du von einem »geglückten« Tag oder einem – es ist wahr, ebenso seltenen – »sorglosen«? Ist für dich ein geglückter Tag allein schon, der ohne Problem verlief? Siehst du einen Unterschied zwischen einem glücklichen Tag und dem geglückten? Ist es für dich etwas anderes, mit Hilfe der Erinnerung von diesem und jenem geglückten Tag zu reden, oder gleich jetzt, unmittelbar danach, ohne eine Verwandlung durch die Zwischenzeit, am Abend ebendesselben Tags, als dessen Beiwort dann auch nicht ein »geschafft« oder »überstanden« stehen kann, sondern einzig »geglückt«? Ist dir der geglückte Tag also grundverschieden von einem unbeschwerten, einem Glückstag, einem ausgefüllten, einem Aktivtag, einem durchstandenen, einem von der Langvergangenheit verklärten – ein Einzelnes genügt da, und ein ganzer Tag schwebt auf in Glorie –, auch gleichwelchem Großem Tag für die Wissenschaft, dein Vaterland, unser Volk, die Völker der Erde, die Menschheit? (Im übrigen: Schau – blick auf –, der Umriß des Vogels dort oben im Baum; wozu das griechische Verb für »lesen« in den Briefen des Paulus, buchstäblich übersetzt, ein »Auf-Blicken« wäre, geradezu ein »*Hinauf*-Wahrnehmen«, ein »*Hinauf*-Erkennen«, ein Wort ohne besondere Befehlsform schon als eine Aufforderung oder ein Aufruf; und dazu noch jene Kolibris in den südamerikanischen Dschungeln, die beim Verlassen ihres Schutzbaums, um die Raubgeier zu täuschen, das Geschaukel eines fallenden Blatts nachmachen . . .) – Ja, der geglückte Tag ist für mich nicht wie all die anderen; er *heißt* mir mehr. Der geglückte Tag ist mehr. Er ist mehr als eine »geglückte Bemerkung«, mehr als ein »geglückter Schachzug« (sogar ein geglücktes vollständiges Spiel), als eine »geglückte Erstbesteigung im Winter«, etwas anderes als eine »geglückte Flucht«, eine »geglückte Operation«, eine »geglückte Beziehung«, gleichwelche »geglückte Sache«, ist auch unabhängig vom geglückten Pinselstrich oder Satz, und hat nicht einmal etwas zu schaffen mit jenem »nach lebenslangem Warten in einer einzigen Stunde geglückten Gedicht«! Der geglückte Tag ist unvergleichlich. Er ist einzigartig.

Ob es mit unserer speziellen Epoche zu tun hat, daß das Glücken eines einzelnen Tages zum Thema (oder Vorwurf) werden kann? Bedenk, daß vordem eher der Glaube an den richtig ergriffenen »Augenblick« gewirkt hat, der freilich für das »ganze große Leben« einstehen konnte. Glaube? Vorstellung? Idee? Jedenfalls galt vorzeiten, ob beim Schaftrieb auf den Pindus-Höhen, beim Umherwandeln unterhalb der Athener Akropolis oder beim Feldmauernschichten auf den steinigen Plateaus von Arkadien geradezu etwas wie ein Gott solch eines geglückten Augenblicks oder Zeit-Atoms, ein Gott allerdings, von welchem es, anders als sonst bei den griechischen Gottheiten, weder Bild noch Geschichte gab: der göttliche Moment selber erzeugte sein, jeweils verschiedenes, Bild und erzählte, jetzt, jetzt und jetzt, zugleich sich, jenen »kairos«, als eine Geschichte, und jener Augenblicksgott war wohl, seinerzeit, mächtiger als alle anscheinend auf Dauer feststehenden Göttergestalten – immer gegenwärtig, immer da, immer in Kraft. Entmachtet wurde aber schließlich auch er – oder? wer weiß? –, euer Gott des »Jetzt!« (*und* der Augen, die so sich begegneten, *und* des Himmels, der so, eben noch formlos, eine Gestalt annahm, *und* des verwaschenen Steins, der so auf einmal in seinen Farben spielte, *und, und*), von dem nachfolgenden Glauben – in der Tat nun weder Vorstellung noch Idee mehr, sondern »von der Liebe bewirkter« Glaube – an eine neue Schöpfung, als eine Erfüllung der

Augenblicke und der Zeiten, durch das Irdischwerden, Sterben und Auferstehen des Gottessohns, und damit an die sogenannte Ewigkeit; eine Frohbotschaft, von welcher ihre Verkünder zum einen selber sagten, daß sie nicht mehr nach dem Maß der Menschen sei, und zum andern, den an sie Glaubenden würden, jenseits der bloßen Augenblicke der Philosophie, die Äonen, oder eben die Ewigkeiten der Religion glücken. Folgte dann, enthoben sowohl dem Gott des Augenblicks als auch dem der Ewigkeit, wenngleich ohne den Eifer, die beiden zu entkräften, die Periode einer dritten Macht, einer rein diesseitigen, freiheraus weltlichen, und sie setzte – was soll mir euer Kairos-Kult, Hellenen, euer Himmelsglück, ihr Christen und Muslime – auf etwas dazwischen, auf das Glücken je meiner Hiesigkeit, auf die einzelne geglückte Lebenszeit. Glaube? Traum? Vision? Am ehesten, zumindest im Ursprung dieser Periode, wohl eine Vision: der eines jeden Begriffs von gleichwelchem Glauben Entzauberten; eine Art trotzigen Tagtraums. Da über mich hinaus nichts mehr denkbar ist, werde ich aus meinem Leben das Möglichste machen. Und so war die Zeit dieser dritten Macht in Wort und Tat eine der Superlative, der Herkules-Arbeiten, der Weltbewegungen. »War«? Heißt das, ihre Zeit sei vorbei? Nein, die Idee von einem durchs Tätigsein geglückten ganzen Leben ist, natürlich, weiter in Kraft und wird immer fruchtbar bleiben. Nur scheint inzwischen kaum mehr etwas darüber sagbar zu sein, die Epen und Abenteuerromane der Pioniere, die jenen Anfangstraum von der Lebenstat entschlossen beherzigten, sind bereits erzählt und bilden auch das Muster für die etwa heute glückenden Leben – jedesmal eine Abwandlung der bekannten Formel: »Einen Baum pflanzen, ein Kind zeugen, ein Buch schreiben« – und erzählbar an der Sache finden sich höchstens noch seltsame kleine Varianten oder Glossen, beiläufig, im Vorübergehen, zum Beispiel von einem jungen Mann, gerade dreißig, verheiratet mit einer Frau, die er sicher war, bis ans Ende zu lieben, Lehrer an einer kleinen Schule in der Vorstadt, für deren Monatsblatt er auch bei Gelegenheit Theater- und Filmtips verfaßte, ohne sonst eine Absicht für eine Zukunft (kein Baum, kein Buch, kein Kind), und der, nicht erst nun mit seinem vollendeten dreißigsten Jahr, sondern schon an den paar letzten Geburtstagen, wie er seinen Bekannten, unter einem festlichen Blitzen der Augen, unvermittelt sagte, die Gewißheit hatte, sein Leben sei ihm geglückt (noch seltsamer freilich der Satz im französischen Original, »j'ai réussi ma vie« – »ich habe mein Leben bestanden«? »Gemeistert«?). Wirkte bei diesem Zeitgenossen noch die epochale Vision vom geglückten Leben? Oder war das schon wieder ein Glaube? Es ist sehr lange her, daß der Satz fiel, aber in der Vorstellung jetzt, was auch immer seitdem mit dem Mann passiert wäre, käme auf die Besucher-Frage seine höchst selbstverständliche Wiederholung. Also Glaube. Was für einer? – Was mag aus jenem jungen »geglückten Leben« geworden sein?

Willst du damit andeuten, dein sogenannter geglückter Tag, zum Unterschied von den geglückten Leben, gebe heutzutage mehr her als bloße Glossen oder Nachschriften oder Travestien? Handelt es sich dabei denn um etwas so anderes als das Motto aus dem goldenen Zeitalter Roms, jenes »carpe diem«, das nun, nach zweitausend Jahren, gleichermaßen als Weinmarke wie als Aufschrift auf einem T-Shirt wie als Name eines Nachtclubs dienen könnte? (Wieder einmal kommt es darauf an, wie du es dir übersetzt: »Nutze den Tag« – wie es das Jahrhundert der Aktionen verstand –? »Pflücke den Tag« – womit dieser zu einem einzigen, großen, günstigen Augenblick wird –? oder »Laß fruchten den Tag« – womit der alte Spruch des Horaz tatsächlich meinem Heute-Problem auf einmal nahe erscheint –?) Und was ist überhaupt der geglückte Tag – denn bis jetzt hast du dir ausschließlich klarzuwerden versucht, was er nicht ist? Und wo bleibt, bei deinen ständigen Abschweifungen, Umwegen, Umständlichkeiten, deinem ewigen Zögern, Abbrechen sofort mit dem kleinsten anhebenden Schwung, ewigen Neuanfängen, jene Linie der Schönheit und Anmut, welche, wie angedeutet, den geglückten Tag bezeichnet, und, wie danach beschworen, auch den Versuch darüber leiten sollte? Wann, anstelle des unentschiedenen Zickzacks draußen an den Peripherien, des zittrigen Grenzziehens an einer um so leerer wirkenden Sache, setzt du endlich, Satz für Satz, zu dem so leicht-wie-scharfen Schnitt, durch das Wirrwarr in medias res, an, damit dein obskurer »geglückter Tag« beginnen kann, sich zu der Allgemeinheit einer Form zu lichten? Wie stellst du dir einen solchen Tag vor? Entwirf mir ein erstes Bild, beschreib mir Bilder davon! Erzähl den geglückten Tag. Laß spüren den Tanz des geglückten Tags. Sing mir das Lied vom geglückten Tag!

Es gibt tatsächlich ein Lied, das diesen Titel haben könnte. Van Morrison singt es, »mein Sänger« (oder einer von ihnen), und es heißt in Wirklichkeit anders, hat seinen Namen von einem kleinen, sonst gleichgültigen amerikanischen Ort, und erzählt, ja, Bilder, von einer Autofahrt an einem Sonntag – an dem das Glücken des Tages noch schwieriger scheint als an all den sonstigen Tagen –, zu zweit, wohl mit einer Frau, in der Wir-Form (in der das Glücken des Tags ein noch größeres Ereignis ist als im Alleinsein): Fischen in den Bergen, Weiterfahren, Sonntagszeitung-Kaufen, Weiterfahren, ein Imbiß, Weiterfahren, der Schimmer deines Haars, die Ankunft am Abend, und die letzte Zeile, etwa so: »Warum kann nicht ein jeder Tag sein wie der?« Es ist ein sehr kurzer Song, vielleicht die kürzeste Ballade, die es je gab, sie dauert gerade eine Minute, und der sie singt, ist fast schon ein älterer Mann, mit ein paar letzten Haarsträhnen, und von jenem Tag wird mehr sprechend als singend erzählt, sozusagen sang-, klang- und tonlos, ein Murmeln gleichsam im Vorübergehen, dabei aus einer mächtig geweiteten Brust, im Moment der größtmöglichen Weite jäh abbrechend.

Und vielleicht kann die Linie der Schönheit und der Anmut – aber wäre »grace« nicht auch anders zu übersetzen? – heutzutage kaum mehr die sanftgeschwungene Kurve wie in Hogarths achtzehntem Jahrhundert nehmen, welches sich, im reichen autonomen England jedenfalls, als eine ganz irdische Fülle der Zeit verstand. Entspricht es nicht unsereinem jetzt, daß solch ein Gebilde immer wieder abbricht, ins Stottern, Stammeln, Verstummen und ins Schweigen kommt, neu ansetzt, Seitenstrecken nimmt – dabei jedoch zuletzt wie eh und je auf eine

Einheit und etwas Ganzes hinzielt? So wie es zu uns jetzt am Ende des zwanzigsten Jahrhunderts paßt, daß eher die Ideen vom einzelnen geglückten Tag in Kraft sind als die von gleichwelcher Ewigkeit oder einem gesamt-geglückten Leben, freilich nicht allein im Sinn des »Jetzt ist jetzt« und schon gar nicht des »Einfach in den Tag hinein leben!«, sondern zudem in der Hoffnung – nein, Sehnsucht – nein, Bedürftigkeit –, mit dem Erforschen der Elemente des einen Zeitraums auch ein Muster für einen größeren, einen noch größeren, den größtmöglichen, zu erahnen?; denn mein Dahinleben, nach dem Verduften all der vorigen Zeit-Ideen, jetzt, von einem Tag zum andern, ohne Gesetzlichkeit (und sei es auch bloß, was fürs Leben zu *lassen* sei), ohne Zusammenhang (mit dir, mit diesem Passanten), ohne die kleinste Gewißheit (daß sich der heutige Moment Freude morgen oder jemals wiederholen wird), in der Jugend erträglich und manchmal sogar begleitet (geleitet?) von

Unbekümmertheit, schlägt inzwischen immer öfter um in Not und mit den Jahren zusätzlich in Empörung. Und da sich diese, im Unterschied zur Jugend, weder gegen den Himmel noch die gegenwärtigen irdischen Verhältnisse noch gegen sonst einen Dritten wenden kann, empöre ich mich gegen mich selber. Verdammt, warum sehe ich uns nicht mehr gemeinsam? Verflucht, warum ist mir um drei Uhr nachmittags das Licht in dem Hohlweg, das Klopfen der Züge auf den Gleisen, dein Gesicht nicht mehr das Ereignis, welches es doch, wie für die fernste Zukunft gültig, heute morgen noch war? Verdammt, warum kann ich, ganz im Gegensatz zu dem bekannten Bild vom Älterwerden, die Tages-, Lebensaugenblicke weniger halten, fassen und würdigen denn je? Verflucht, warum bin ich, im Wortsinn, so zerstreut? Verdammt, verflucht, verdammt. (Schau nebenbei, die Turnschuhe dort draußen, zum Trocknen, auf dem Dachfensterbrett des Giebelhauses, des halbwüchsigen Nachbar-Sohns, den wir gestern abend im Flutlicht des Vorstadtplatzes, während er im Lauf aufs Zuspiel wartete, an der Trikotnaht zupfen sahen.)

So gilt demnach für dich und für jetzt, nach den Ideen vom geglückten Augenblick, vom geglückten ewigen oder einmaligen Leben, als gleichsam vierte Macht die Idee vom geglückten Tag? Und es drängt dich, dem geglückten Tag einen Duft zuzuschreiben, der sich nicht verflüchtigt, sondern, egal, was dir morgen zustößt, in dieser oder jener Weise nachhält? Und so ist es wieder der Moment zu fragen: Wie stellst du dir solch geglückten Tag, im einzelnen, vor?

Ich habe von dem geglückten Tag keine einzelne Vorstellung, keine einzige. Es gibt allein die Idee, und das läßt mich auch fast verzweifeln, einen erkennbaren Umriß ins Bild zu rücken, das Muster durchschimmern zu machen, die ursprüngliche Leuchtspur nachzuziehen – von meinem Tag, wie ich es mir doch eingangs ersehnte, einfach und rein zu erzählen. Indem nichts als die Idee da ist, kann das Erzählen nur handeln von ebendieser Idee. »Ich möchte dir eine Idee erzählen.« Aber eine Idee – wie ist sie erzählbar? Es geschah ein Ruck (immer wieder wird mir die »Häßlichkeit« dieses Wortes vorgehalten, und es ist wieder einmal durch kein anderes ersetzbar). Es wurde hell? Es wurde weit? Es griff in mich ein? Es vibrierte? Es wehte warm? Es lichtete sich? Es wurde neu Tag am Ende des Tages? Nein, die Idee, sie sträubt sich gegen meine Sehnsucht des Erzählens. Sie stellt mir kein Bild zur Ausflucht vor. Und trotzdem war sie leibhaftig, leibhaftiger als je ein Bild oder eine Vorstellung, alle die zerstreuten Sinne des Körpers durch sie zusammengefaßt zu Energie. Idee hieß: Es gab kein Bild, nur Licht. Ja, jene Idee war keine Rückbesinnung auf etwa gut verbrachte Kindheitstage, sondern leuchtete ausschließlich voraus in die Zukunft. Und ist so, wenn erzählbar, dann in der Zukunftsform, als Zukunftserzählung, zum Beispiel: »An dem geglückten Tag wird es noch einmal Tag werden mitten am Tag. Es wird mir einen Ruck geben, einen zweifachen: über mich hinaus, und in mich, ganz, hinein. Zum Schluß des geglückten Tags werde ich die Stirn haben, zu sagen, ich hätte einmal gelebt, wie sich's gehört – mit einer Stirn, die das Gegenstück sein wird zu meinem angeborenen Schild.« Ja, nicht von den Kindertagen, den einstigen, handelte die Idee, vielmehr von einem Erwachsenentag, einem kommenden, und die Idee war wirklich ein Handeln, sie handelte – griff ein – über die einfache Zukunft hinaus, als Sollensform, in welcher Van Morrisons Lied etwa folgend übersetzt erschiene: »An dem geglückten Tag sollen die Catskills-Berge die Catskills sein, soll das Einbiegen zum Rastplatz das Einbiegen zum Rastplatz sein, soll die Sonntagszeitung die Sonntagszeitung sein, soll das Abendwerden das Abendwerden sein, soll dein Glanz neben mir ...« Nur, natürlich: wie dergleichen schaffen? Genügt dazu mein eigener Tanz, oder soll es, statt »Anmut«, »Grazie« für *grace*, zusätzlich »Gnade« heißen? Und was zeigt es, daß, als erstmals jene Idee eines geglückten Tags mir »vorspurte«, das nicht bloß eine kurze Stunde, sondern eine ganze Periode der Fastverzweiflung war? (Oder sollte statt vor*spuren* »geistern« oder »irrlichtern« stehen?) Das Untier »Sprachlosigkeit« war einem Schweigen gewichen. Am hellichten Tag kehrte der Traum von dem Vogelnest aus Heu zurück, unten auf der Erde, in dem das nackte piepsende Junge war. Die Glimmersplitter im Gehsteiggranit glitzerten in Augennähe. Die Erinnerung, mit welcher Herzlichkeit seine Mutter ihm eines Tages ihr bißchen Geld für ein neues Uhrband gegeben hatte, und die Erinnerung an den Schriftspruch »Den fröhlichen Geber liebt der Herr«. Der Flügel, mit dem weit weg in der Allee die Amsel beim Flug die Hecke streifte, streifte zugleich auch ihn. In dem Asphaltquai der Vorortstation Issy-Plaine zeigte sich, hellgetrocknet und fest, das einander überschneidende Muster der tausend verschiedenen Schuhsohlen vom gestrigen Regenfilm. Beim Vorbeigehen an dem fremden Kind zog sich in ihm dessen Scheitelwirbel nach. Der Turm der Kirche von St.-Germain-des-Prés, den Cafés, der Buchhandlung, dem Kino, dem Friseursalon, der Apotheke gegenüber, stand zugleich entrückt in einem so anderen Tag, enthoben-enthebend dem »laufenden Datum« und dessen Launen. Die Todesangst der letzten Nacht war, was sie war. Das zersplitterte Schaufenster war, was es war. Die Unruhen jenseits des Kaukasus waren, was sie waren. Meine Hand und ihre Hüfte, sie waren. Es war die Wärme der Erdfarben vom Weg neben der Eisenbahn nach Versailles. Der Traum vom umfassenden, alldurchlässigen Buch, längst aus der Welt, längst ausgeträumt, mit einem Ruck war er wieder, oder »erneut«? da, in der Tagwelt, und da, und da – brauchte bloß niedergeschrieben zu werden. Eine Mongoloide, oder Heilige, mit einem Rucksack, rannte, in Verzückung oder in Angst, über den Zebrastreifen. Und in der Bar einer anderen Vorstadtstation stand am Abend des Tages ein einzelner Gast, während der Patron die Gläser trocknete, die Lokalkatze zwischen den Tischen mit einer Billardkugel spielte, auf der staubigen Scheibe die Zackenschatten der übriggebliebenen Platanenblätter tanzten und sich für das übliche »Blinken« der beleuchteten Züge hinter dem Laub oben auf dem Bahndamm die Suche nach einem anderen Wort aufdrängte – so als würde mit der Entdeckung eines einzigen der Sache näherkommenden Wortes auch dieser ganze Tag glücken, in dem Sinn des »Alles sich Zeigende (in unser Heutiges, Weltliches übersetzt: jede Form) ist ein Licht«.

Ja, und endlich mischte sich gerade, ohne Rücksicht auf Folgerichtigkeit und richtigen Augenblick, dunkel, bildschwach und stottrig-holprig, eine dritte Stimme, eine erzählende, gleichsam von unten, aus dem Unterholz, aus dem Abseits, in unsern Versuch von dem geglückten Tag. – Endlich? Oder leider? Zu seinem Schaden?

Zum Glück oder zum Schaden: ein »leider« ist, zunächst jedenfalls, am Platz; denn für das Weitere muß nun ein Rückfall ins Spitzfindige geschehen. Erzählt Van Morrisons Lied von einem geglückten Tag, oder von einem bloß glücklichen? Denn zum geglückten Tag gehört hier, daß er ein gefährlicher war, voll Hindernissen, Engstellen, Hinterhalten, Ausgesetztsein, Schlingern, vergleichbar den Tagen des Odysseus auf seiner Irrfahrt nach Hause, am Ausklang von deren Erzählung man jedesmal begreift, es gehört für den Abend, mit Schmausen und Trinken und »göttlichem« Besteigen eines Frauenbetts, ein Feiern her. Nur sind die Gefahren an meinem heutigen Tag weder die

Schleudersteine des Riesen noch die bekannten anderen Dinge, sondern das Gefährliche ist mir der Tag selbst. Das war wohl zwar immer so, vor allem in den Epochen und Weltgegenden, da die Kriege und sonstigen Nöte ferngerückt schienen (wie viele Tagebücher aus gleichwelchen sogenannten Goldenen Zeitaltern beginnen am Morgen mit den Vorsätzen für den einzelnen Tag und stellen am Abend in der Regel dessen Scheitern fest) – aber derart zum Fall geworden, derart spruchreif, wann war das der Tag, nichts als mein, dein, unser Tag, jemals zuvor? Und könnte es nicht sein, daß sein Problem in einer vielleicht noch goldigeren Zukunft noch aktueller und akuter wird? Die speziellen »Forderungen des Tages«, dessen Pflichten, Kämpfe, Spiele beiseite: die Tage rein für sich, die freien Tage, jeder Augenblick ergreifbar als Möglichkeit, sind, wenigstens unsereinem jetzthier, in unseren halbwegs friedlichen Breiten, zur Herausforderung, zum möglichen Freund, zum möglichen Feind, zum Glücksspiel? geworden. Und für das Bestehen, Gewinnen, Fruchtwerden solch eines Abenteuers, oder Duells, oder einfach Messens zwischen dir und Tag hat auch zu gelten, daß nichts Drittes dir entscheidend beispringt, weder eine Arbeit, noch die schönsten Zeitvertreibe, nicht einmal Van Morrisons schaukelige Autofahrt – ja es ist, als sei sogar schon ein Unternehmen wie zum Beispiel »eine kleine Wanderung« unvereinbar mit dem zu glükkenden Tag – als sei dieser für sich allein die Unternehmung, von mir auszuführen (heimzuholen, unter Dach und Fach zu bringen) am besten an Ort und Stelle, ausschließlich im Liegen, Sitzen, Stehen und höchstens ein wenig Auf- und Abgehen, müßig bis auf das Schauen und Hören oder vielleicht gar nur das Atmen, das aber vollkommen ungewollt – ohne Zutun des Willens, wie auch bei jedem anderen Lebensschritt an einem derartigen Tag –, so als sei die vollkommene Unwillkürlichkeit geradezu etwas Entscheidendes für dessen Glücken. Und derart entsprränge dem in der Tat ein Tanz?

Und nun lassen sich zwei grundverschiedene Versionen vom Abenteuer des einzelnen mit seinem Tag skizzieren: In der einen gelingt es zum Beispiel im Moment des Erwachens, von den Träumen die abzutun, die von der Spur ablenkender Ballast, und mitzunehmen nur, die ein den Tageslauf verlangsamendes, im Weltgeschehen haltendes Gewicht wären; in der Luft des Morgens wachsen die verschiedenen Erdteile zusammen: zugleich mit den ersten Tropfen des Regens knistert dieser in dem Laub eines Strauchs auf dem Feuerland; das Fremdlicht des Nachmittags dann wird enthext, von einem Moment zum andern, in Erkenntnis einer aus dir selbst dir vorgespiegelten Fata Morgana; und in der Folge gehört es auch zum Glücken, es einfach Abend werden zu lassen, mit Augen selbst für das Zwielicht, und hernach von deinem Tag, obwohl nichts geschehen ist, Unerschöpfliches erzählen zu können. Ah, der Augenblick, da endlich einmal nichts war als der alte Mann mit der blauen Schürze im Vorgarten! Und die entgegengesetzte Version? Sie hat kurz zu sein – am ehesten zum Beispiel so: Gelähmt schon vom Morgengrauen, treibt ein Bündel Elend, im Augenblick des Auslaufs gekentert sein Schiff mit dem Namen »Abenteuer des Tages«, in den Wassern des Vormittags, kommt zum Bewußtsein nicht einmal der Stille des Mittags und liegt, von der Zwischenzeit zu schweigen, am Ende, an eben der Stelle, von welcher unser Held »in aller Herrgottsfrühe« eigentlich hätte aufbrechen sollen, fest in der Nacht – und auch die Wörter und Bilder, sein Scheitern am Tag weiterzugeben, gibt es nicht, es sei denn die schalgewordenen und ausgeschöpften Allegorien wie gerade eben.

Damit ein Tag für dich geglückt heißen kann, scheint demnach ein jeder Augenblick vom Erwachen an bis zum Einschlafen zu zählen, und zwar so, daß er jeweils eine bestandene Prüfung (Gefahr) darstellt. Ist es dabei aber nicht auffällig, daß für die meisten andern in der Regel schon ein einziger Moment als geglückter Tag zählt (und dein Begriff davon, verschieden von dem im Umgang, etwas Selbstherrliches hat)? »Als ich in der Morgendämmerung am Fenster stand, schoß ein kleiner Vogel an mir vorbei und stieß einen Laut aus, wie für mich bestimmt – und das war schon ein geglückter Tag« (Erzähler A). – »Der Tag war heute geglückt in dem Moment, als sich am Telefon – obwohl du allein vorhattest, das Buch weiterzulesen – auf mich die Reiselust deiner Stimme übertrug« (Erzähler B). – »Um mir sagen zu können, der Tag sei geglückt, brauchte ich nie einen besonderen Augenblick – es genügte mir beim Erwachen so etwas wie ein bloßer Atem, ein Hauch, *un souffle*« (ein dritter Erzähler). Und fällt dir nicht auch auf, daß im allgemeinen über das

Geglücktsein des Tags bereits entschieden scheint, ehe der noch so recht angefangen hat?

Wir wollen, hier wenigstens, den Einzelaugenblick, den noch so großen, für den geglückten Tag nicht gelten lassen! (Lassen wir gelten eben nur den ganzen Tag.) Wohl aber sollen die erwähnten Momente, und besonders jene ersten des vollen Bewußtseins nach dem Schlaf der Nacht, den Ansatz, oder Einsatz, für die Linie der Schönheit und der Anmut geben. In der Weise, wie für den Tag der erste Punkt gesetzt ist, so soll es Punkt für Punkt, in hohem Bogen, weitergehen. In meinem Aufhorchen für einen Ton zeigt sich mir die Tonart für die gesamte Tagesreise. Der Ton braucht keine Klangfülle, er kann beliebig sein, selbst etwas, das bloßes Geräusch ist, Hauptsache, es glückt mir, dafür einmal ganz Ohr zu werden. Hatte nicht auch das Klicken der Knöpfe des Hemds, als du es heute früh von dem Stuhl streiftest, etwas von solcher Art Tagestongabel? Ja, und als ich gestern früh, statt blind und fahrig, bedachtsam, mit offenen Augen nach meiner ersten Sache griff, spielte mir das nicht den Rhythmus vor, in dem auch die folgenden Sachen des Tages anzugreifen gewesen wären? Und die Empfindung des Wassers oder des Winds, immer wieder, vom neuen Morgen im Gesicht – oder gehört hierher statt »Empfindung« besser »Innewerden« oder das einfache »Bemerken«? –, an den Augen, den Schläfen, dem Puls der beiden Hände: Hätte das nicht jeweils die Einstimmung sein können für mein Zusammengehen auch mit den künftigen Elementen des Tags, mein in sie Aufgehen, sie auf mich Wirkenlassen? (Antwort zunächst aufgeschoben.) Derart geglückter Augenblick: Wegzehrung? Impuls? – Stärkung, mit, es bleibt so, dem Geist, als Hauch, für den Fortgang dieses einen Tages; denn dergleichen Moment spendet Kraft, so daß das Erzählen von dem nächsten, gemäß wieder einer wörtlichen Übersetzung für »Augenblick« aus wieder einem Brief des Paulus, anheben könnte mit »Und in einem *Wurf* des Auges . . .«: In einem Wurf des Auges hätte der Himmel geblaut, und beim nächsten Wurf des Auges wäre aus dem Grün des Grases ein Grünen geworden, und . . . Wer hat schon einen geglückten Tag erlebt? Aber wer hat schon einen geglückten Tag erlebt? Und dazu die Mühsal, den Schwung jener Linie nachzuziehen!

Von dem bellenden Hund, der unsichtbar blieb, pufften die Atemwolken durch die Zaunritzen. Die paar übrigen Blätter an den Bäumen zitterten im Nebelwind. Hinter dem Vorort-Bahnhof begann gleich der Wald. Von den zwei Männern, welche die Telefonzelle wuschen, war der draußen ein Weißer und der drinnen ein Schwarzer.

Und wenn ich so einen Augenblick verpasse, hieße das, ich sei gescheitert am ganzen Tag?

Diesen letzten Apfel, statt bedachtsam gepflückt, blicklos vom Zweig gerissen – und alle die vorigen Übereinstimmungen zwischen dem Tag und mir wären nichtig? Unempfänglich für den Blick eines Kinds, ausgewichen dem Blick des Bettlers, nicht standgehalten dem Blick dieser Frau (oder auch bloß dieses Betrunkenen) – und Abbruch des Rhythmus, Sturz aus dem Tag? Und kein Neuanfang heute mehr möglich? Unwiderruflich am Tag gescheitert? Mit der Folge, daß sich mir das Licht des Tags nicht nur zu einem wie der meisten andern mindert, sondern auch noch, und das wäre seine Gefährlichkeit, umzukippen droht von der Formenhelle in die Formlosigkeitshölle? So daß, zum Beispiel, an solch einem mißglückten Tag jenes musikalische Klicken der Knöpfe am Holz, würde es sich jetzt wiederholen, ich verdammt wäre zu hören als Lärm? Oder mein Danebengreifen, in einem Moment der Achtlosigkeit, »blindlings«, an einem Glas, welches dadurch zersplittert, bedeutete dann, über das übliche Mißgeschick hinaus, die Katastrophe – auch wenn die um mich herum natürlich sagen, es sei keine – : den Einbruch des Todes in den laufenden Tag? Und ich müßte mich verurteilt erkennen als das vermessenste der Wesen, dafür daß ich, mit dem Unternehmen des geglückten Tags, so werden wollte wie ein Gott? Denn die Idee solch eines Tags – Augenblick für Augenblick sich weiterzubewegen auf dessen Höhe und dabei Licht um Licht weiterzutragen – ist doch etwas nur für so einen wie jenen unseligen Luzifer? Und so wird mein Versuch des geglückten Tags in jedem Moment umschlagen können in eine Geschichte von Mord und Totschlag, von Amoklauf, Verwüstung, Verheerung, Vernichtung und Selbstabschaffung?

Du verwechselst den geglückten Tag mit dem vollkommenen. (Von dem letzteren laß uns schweigen, wie von seinem Gott.) Möglich ein Tag, so unvollkommen wie nur je einer, an dessen Ende du unwillkürlich im stillen ausrufst: »Geglückt!« Denkbar der Tag, an welchem dir zugleich, schmerzhaft bewußt, noch und noch Augenblicke mißraten sind, und da du am Abend gleichwem so lang wie breit von einem *dramatischen Glücken* erzählen wirst. Daß du das Buch, welches dem Tag, wie du gleich bei der ersten Zeile spürtest, das richtige Segel gesetzt hatte, kurz darauf im Zug hast liegenlassen, muß nicht heißen, es sei der Kampf mit dem Engel des Tages nun verloren; auch wenn du das Buch nie wiederfindest, kann es doch sein, daß jenes verheißungsvolle Lesen auf andre Weise sich fortsetzt – vielleicht gar freier, freihändiger. Es scheint zum Glücken des Tags zusätzlich darauf anzukommen, wie ich die Abweichungen von der Linie, sowohl meine eigenen als auch die von der Frau Welt bescherten, gewichte (wieder so ein unschönes Wort, aber es zeigt sich dem Grübler – »einordne«? »abwäge«? »bemesse«? – kein mehr entsprechendes). Voraussetzung für die Expedition »Geglückter Tag« scheint eine gewisse Nachsicht mit mir selber zu sein, mit meiner Natur, mit meinen Unverbesserlichkeiten, wie auch eine Einsicht in das, sogar bei günstigsten Umständen, täglich Gegebene: die Tücke des Objekts, die bösen Blicke, das eine Wort im falschen Moment (und sei es nur aufgeschnappt von irgendwem im Gedränge). So kommt es bei meiner Unternehmung an auf die mir selbst eingeräumte Vorgabe. Wieviel Wegtrudeln, wie viele Achtlosigkeiten, wie viele Geistesabwesenheiten gestatte ich mir? Bei welcher Fassungsunfähigkeit und Ungeduld, bei welch neuerlich versäumtem Gerechtwerden, ab meinem wievielten verfehlten Handgriff, herzlosen oder auch bloß so dahergeredeten Satz (vielleicht gar nicht ausgesprochen) – ab der wievielten Zeitungsschlagzeile, mein Auge wie Ohr anspringenden Reklame, ab dem wievielten Stich, ab was für einem Schmerz bliebe trotzdem noch eine Offenheit für jenes Erschimmern, mit welchem, entsprechend dem episodischen Grünen und Blauen von Gras und Himmel, auch dem »Grauen« zuzeiten eines Steins, am fraglichen Tag das »Tagen« ausgriffe auf mich und den Raum? Ich bin zu streng mit mir, zu wenig gleichmütig im Mißgeschick mit den Dingen, zu voll der Ansprüche an die Epoche, zu sehr überzeugt von der heutigen Nichtigkeit: ich bin ohne Maß für ein Glücken des Tags. Ja, es ist, als gehörten dazu eine besondere Ironie, angesichts meiner selbst wie der tagtäglichen Gesetzlichkeiten und Zwischenfälle – Ironie aus Zuneigung –, und noch, wenn schon eine Art von Humor, der nach dem Galgen benannte. Wer hat schon einen geglückten Tag erlebt?

Sein Tag begann vielversprechend. Auf dem Fensterbrett lagen lanzenförmig ein paar Bleistifte zusammen mit einer Handvoll ovaler Haselnüsse. Sogar die Zahl der einen

Dinge wie der andern trug bei zu dem Wohlgefallen. Im Traum hatte ein Kind, welches in einem kahlen Raum auf dem bloßen Boden lag, als er sich zu ihm beugte, zu ihm gesagt: »Du bist ein guter Vater.« Auf der Straße pfiff wie jeden Morgen der Briefträger. Die alte Frau vom Nachbarhaus schloß schon wieder ihr Dachfenster, für den Rest des Tages. Der Sand auf den Lasterkolonnen unterwegs zum Neubaugebiet hatte das Gelb des Flugsands, aus dem auch die Hügel der Gegend bestanden. Mit dem Einwirkenlassen des Wassers aus der hohlen Hand auf das Gesicht war er sich, zugleich mit dem Wasser der Vorstadt hier, bewußt geworden des »Wassers von Joannina, jenseits des Pindus«, des »Wassers von Bitola in Mazedonien«, des Wassers von jenem Morgen in Santander, wo der Regen dem Anschein nach nur so niederstürzte, doch beim Gehen im Freien dann sich als ein so zartes Gewebe erwies, daß er fast trocken durch seine Maschen kam. Das Umwenden der Buchseite im Ohr, hörte er weit weg hinter den Gärten das sich an der Station verlangsamende Klopfen des Vorortzugs und im Krähengebrüll und Elstermeckern über dem Dach den einzelnen Spatzenlaut. Noch nie hatte er, als er nun aufblickte, den kahlen Einzelbaum fern oben am Hügelwaldrand gesehen, durch dessen Netzwerk, wie es im Wind changierte, bis herab in das Haus die Helligkeit des Plateaus durchschien, während auf dem Tisch, wo er las, der in die Decke genähte Buchstabe S ein Bild ergab mit einem Apfel und einem geschwungenen schwarzglatten Kiesel. Beim neuerlichen Aufblicken – »die Arbeit hat Zeit, ich habe Zeit, ich und sie, wir haben Zeit« – schwirrte es geradezu von dem Tag jetzt, und er bemerkte, wie er, ohne die Worte gesucht zu haben, im stillen dachte: »Heilige Welt!« Er ging hinaus in den Schuppen, um Holz zu machen für ein Kaminfeuer, das ihm eher als in die Nacht in solch einen Tag paßte. Mitten im Durchsägen des dicken und zähen Stamms geriet das

Werkzeug ins Stocken, und als er, aus dem Rhythmus gebracht, gewaltsam daran rukkelte, klemmte es vollends, er konnte die Säge nur, unverrichteter Dinge, herausziehen – es war mehr ein »Reißen« – und woanders neu ansetzen. Der Vorgang wiederholte sich: Verklemmen des Blatts am harten Kernholz, Geschiebe und Gerüttel, bis es beinahe nicht einmal ein Zurück gab . . ., und dann die Wucht, mit der das mehr zerfledderte als geschnittene Scheit dem Möchtegernhelden des Tags auf den Fuß stürzte, und dann, als das Feuer nach dem ersten Aufflammen mitsamt dem nur noch vor sich hinzischenden Holz unanfachbar zusammenfiel, das Verfluchen des heiligen Tags, mit eben den Ausdrücken, für die schon einst der ländliche Großvater dorfberühmt gewesen war, Maulhalten, ihr Vögel, Sonne, verschwinde. Später genügte das Brechen der Bleistiftspitze, und nicht nur der Tag, die Zukunft stand auf dem Spiel. Und als er begriff, daß gerade mit jenen Mißgeschicken der Tag hätte recht werden können, war das längst wieder ein anderer Tag. Das vergebliche Feueranzünden, mit Bedacht wahrgenommen – hatte das Verpuffen und Schwarzwerden der Glut nicht zugleich einen geheimnisvollen Moment von Gemeinschaft bedeutet? –, wäre ihm als ein Inbild erschienen all der nicht bloß persönlichen Vergeblichkeiten, und, dieses sich bewußt gemacht, hätte er innegehalten zur Geduld. Und ebenso war doch der Aufprall des Klotzes auf seinen Zehen nicht ausschließlich ein Schmerz gewesen. Es hatte ihn damit auch noch etwas anderes berührt, an derselben Stelle: etwas wie die freundschaftliche Schnauze eines Tiers. Und wieder war das ein Bild – Bild, in dem sämtliche Holzscheite von seinen Kindesbeinen an bis zum jetzigen Augenblick ihm versammelt auf die verschiedenen Schuhspitzen, Socken und die unterschiedlich langen Kind- und Erwachsenenfüße fielen, oder eher rollten, purzelten, tanzten, regneten: denn jene andere Berührung war von einer so wunderbaren Sanftheit, daß, hätte er für den Moment lang nur aufgemerkt, er ganz Staunen geworden wäre. Und in ähnlicher Weise, so wurde es ihm bewußt im nachhinein, mit dem Abstand, erzählten ihm jene Widrigkeiten beim Holzsägen doch eine vollständige Parabel, oder Fabel?, für sein Glücken des Tags. Zuerst galt es, in einem kleinen Ruck, für die Zähne den Ansatz zu finden, die Kerbe, in der es dann weiterginge. Danach bekam das Durchsägen des Stamms seinen Rhythmus, und eine Zeitlang geschah es leicht und machte Vergnügen, und eins gab so das andere: mit dem Holzmehl, das an den Seiten wegstob, kringelten sich die winzigen Blätter des benachbarten Buchsbaums, und das sich in ihm verfangende Laub knisterte inmitten des Sägezahnknirschens; dem Rumpeln einer Mülltonne folgte das Dröhnen einer Düsenmaschine hoch oben. Dann, in der Regel allmählich und, blieb er nur bei der Sache, im voraus schon spürbar, geriet die Säge hinein in eine andere Sphäre des Holzes. Hier hieß es, den Rhythmus zu ändern – ihn zu verlangsamen, jedoch, und das war die Gefahr, ohne dabei zu stocken oder ein Hin und Her zu überspringen: auch bei wechselndem Rhythmus hatte die Gesamtbewegung des Sägens ihr Gleichmaß zu wahren; ansonsten, so oder so, blieb das Gerät mittendrin stecken. Es mußte, wenn überhaupt noch möglich, herausgezogen und neu angesetzt werden, und das letztere, so lehrte ihn die Fabel, besser nicht an derselben, auch nicht an einer gar zu nahen, sondern an einer ganz neuen Stelle, denn ... Glückte beim zweiten Versuch nun der Sphärenwechsel und geschah das Sägen, endlich dort in der unteren Hälfte des Stamms, wo die Zacken dem beschwingt Dahinsägenden längst aus dem Blick waren – in seinen Gedanken befand er sich schon woanders, machte seinen Plan für den Abend, oder sägte anstelle des Holzes einen menschlichen Widersacher entzwei –, dann drohte aber, wenn nicht die übersehene Astgabel, so (meist gerade um eine Fingerbreite weg von dem Punkt, an dem das so weit durchschnittene Holzstück ohnehin dem Säger von selbst in den Schoß fiel) jene sehr schmale und um so härtere Schicht, in der der Stahl auf Stein, Nagel, Knochen in einem traf und das Unternehmen sozusagen im letzten Takt scheiterte: kurz noch, für dritte Ohren, ein Singen – für den Säger selbst eher eine Katzenmusik – und aus. Dabei wäre er doch so nah dran gewesen, daß das Sägen für sich, das bloße Sich-Zusammenfinden und Zusammensein mit dem Holz da, seiner Rundung, seinem Duft, seinem Muster, nichts als das Durchmessen der Materie da, samt dem Eingehen auf deren Eigenheiten und Widerstände, ihm ideal den Traum von einer Zeit des interesselosen Wohlgefallens verkörperte. Und ebenso hätte der abbrechende Bleistift . . . und so weiter, und so weiter im Tag. Also käme es, dachte er im nachhinein, beim Versuch des geglückten Tags darauf an, jeweils im Moment des Mißgeschicks, des Schmerzes, des Versagens – der Störung und der Entgleisung –, die Geistesgegenwart aufzubringen für die andere Spielart dieses Moments und ihn so zu verwandeln, einzig durch das aus der Verengung befreiende Bewußtmachen, jetzt gleich, im Handumdrehen, oder eben Bedenken, wodurch der Tag – als sei das für das »Glücken« gefordert – seinen Schwung und seine Schwingen bekäme.

Nach all dem scheint dein geglückter Tag fast ein Kinderspiel?

Keine Antwort.

Es wurde Mittag. Der Reif der Nacht war selbst in den Schattenwinkeln des Gartens getaut, und indem sich die Gräser aus ihrer Gekrümmtheit und Starre aufrichteten, ging ein weiches Wehen durch sie. Eine Stille kam auf, wie sie Bild wurde beim Unterwegssein in der Sonne auf einer mittäglich freien Landstraße mit jenen paarweisen, gewandfarbenen Faltern, die, unversehens aus dem Leeren getaucht, sich rückwärts zu nähern schienen und jeweils so nah an den Gehenden kamen, daß der Wanderer – als ein solcher sah er sich in diesen Augenblicken tatsächlich – an seinen Ohrmuscheln meinte, das Vibrieren der Flügelgelenke zu hören, welches sich zugleich auf seine Schritte übertrug. Erstmals vernahm er, ins kaum bewohnte Haus hinein, hinter dem Mittagsläuten der Vorstadtkirche auch jenes des westlichen Nachbarorts (der, wie hier üblich, ohne Übergänge und Zwischenräume, auf der andern Straßenseite begann), und mit einem leibhaftigen Klang: Zusammenrufen all der Vereinzelten in den verschiedenen Richtungen. Ein Traumbild kehrte zurück, von steinigen Wüstenbergen um die große Stadt Paris tief unten in einem Kessel, auf die aus der lautlosen Dämmerung von sämtlichen Kuppen und Hängen plötzlich die inbrünstigen Rufe der Muezzin hinabgeschallt kamen. Er schaute unwillkürlich auf von der Schriftzeile, wo er sich gerade befand, und ging mit der Katze draußen durch den Garten, in einer langen, geschweiften Diagonale, wobei ihm in den Sinn kam, wie ihm einstmals eine andere Katze jeweils den beginnenden Regen angezeigt hatte, indem sie schon beim winzigsten Tropfen auf ihrem Fell vom fernen Horizont her unter den Schutz des Vordachs galoppierte. Er ließ den Blick kreisen, betrachtete, seit Wochen nun Tag für Tag, wie immer noch, als letzte Gartenfrucht, die massige Birne im leeren Baum hing, im Handteller augenblicks spürbar die Fruchtschwere, wie jenseits der Straße, im Nachbarort, ein schwarzhaariges Chinesenmädchen, die mehrfarbige Schultasche auf dem Rücken, durch einen Zaun hindurch nicht müde wurde, den hellblauäugigen Alaskahund zu streicheln (ohne daß er es hörte, wurde in seiner Vorstellung, um so nachhaltiger, dessen Wimmern laut), wie, noch um ein paar Blickgrade weiter, im Häuserspalt am Fluchtpunkt der Straßen, der Sonnenreflex eines durchfahrenden Zugs momentweise, gleichsam wortlang, »einsilbig« das Dammgras anblitzte, wobei ihm ein leerer Sitz in einem Abteil erschien, aufgeschlitzt von einem Messer und mit einer märchenhaften Sorgfalt, Kreuzstich dicht auf Kreuzstich in dem starren Plastikzeug, wieder zusammengenäht, er fühlte sich aus dem Abstand geradezu an die den Faden straffende Hand genommen. Und so streiften seine Stirn seine Toten; er schaute ihnen zu, so wie auch sie ihm, der nichts tat als saß, zuschauten, verständnisvoll, ganz im Unterschied zu ihren Lebzeiten. Was war an einem Tag mehr zu schaffen, entdecken, erkennen, wiederzufinden? Seht her: kein König der Ewigkeit, kein König des Lebens (und wenn auch bloß ein »heimlicher«) – der König des Tages! Und seltsam nur, daß an diesem Punkt eine Kleinigkeit reichte, ihn von dem eigenmächtigen Thron zu kippen. Angesichts des Passanten, der, aus der Seitenstraße geschlendert, den Mantel über dem Arm, einhielt, sich die Taschen abklopfte und schnell wieder umkehrte, sprang sein Mitgehen um ins Außersichsein. Aufhören! Doch einmal in der Ekstase, fand er nicht mehr in sich zurück: Da, der gelbe Schnabel der Amsel! Und am Ende der Allee der bräunliche Rand der allein noch blühenden Malve! Und das im Fallen an einer unsichtbaren Schnur ruckende und zum Schein wieder auf in die Sonne steigende Blatt als ein leuchtfarbiger Drachen! Und der Horizont schwarz von einem Schwarm so monumentaler wie nichtssagender Wörter! Aufhören, Ruhe! (Ekstase hieß für ihn Panik.) Aber Punkt, Schluß, es – das Lesen, das Schauen, das Mit-im-Bild-Sein, der Tag – ging nicht mehr weiter. Was jetzt? Und unversehens, nach der Springprozession der Formen und Farben in der Ekstase, verlegte, lang vor dem Abend, der Tod den Weg durch diesen Tag. Sein Stachel, ja, brach mit einem Schlag durch das Gegaukel. Gab es demnach etwas Hirnrissigeres als die Idee vom geglückten Tag? Hat der Versuch über ihn nicht ganz neu, mit einer grundandern Einstellung, etwa eben des Galgenhumors, anzufangen? Ist für das Glücken des Tags keine Linie zu schaffen, nicht einmal eine labyrinthische? Aber heißt das nicht, daß so ein Immer-wieder-Neuansetzen des Versuchs auch eine Möglichkeit ist, seine besondere? Der Versuch muß sein. Daß der Tag (das Ding »Tag«) in der Epoche jetzt mein Erzfeind geworden sei, nicht umzuwandeln in einen mir fruchtenden Haus- und Weggenossen, in ein leuchtendes Muster, in einen nachhaltigen Duft, daß der Vorwurf »geglückter Tag« eher etwas Diabolisches ist, des Teufels, des *Durcheinanderwerfens*, ein Schleiertanz mit nichts dahinter, ein betörendes Zungenspiel, nach dem alsbald das Verschlingen kommt, ein Richtungspfeil, der sich beim Befolgen zur Schlinge schließt: mag sein, es ist so, nur ist es mir, bei all dem Scheitern, das ich bisher vielleicht mit dem versuchten Glücken des Tages erlebt habe, nicht denkbar, ich kann nicht *sagen*, auch jetzt nicht, noch immer nicht, die Idee vom geglückten Tag sei Wahn oder Spuk, und so kann das auch nicht der Fall sein. Wohl aber kann ich sagen, daß die Idee in der Tat eine Idee ist, denn ich habe sie mir nicht angelesen oder ausgedacht, vielmehr sie kam mir, in einer Zeit der Not, mit dem Schwung, der mir noch jedesmal glaubhaft war, jenem der Phantasie. Die Phantasie ist mein Glaube, und die Idee vom geglückten Tag wurde geformt in deren glühendem Augenblick, und sie leuchtete mir nach jedem der tausend Schiffbrüche mit ihr am folgenden Morgen (oder Nachmittag) frisch vor, so wie in dem Gedicht Mörikes eine Rose »vorleuchtet«, und ich konnte mit ihrer Hilfe immer wieder einen Neuanfang machen, das Glücken des Tags mußte versucht werden – auch wenn sich am Ende hier etwa zeigte, daß diese Frucht hohl oder vertrocknet war: so erübrigte sich zumindest für alle Zukunft diese vergebliche Liebesmühe, und der Weg wäre vielleicht um so freier für etwas ganz anderes? Und es hatte Bestand auch noch die Erfahrung: daß gerade ein Nichts an Tag (wo nicht einmal die wechselnden Lichter mitspielten, kein Wind, kein Wetter) die äußerste Fülle verhieß. Nichts war, und wieder war nichts, und wieder war nichts. Und was tat dieses Nichts und wieder Nichts? Es bedeutete. Es war mehr möglich mit nichts als dem Tag, weit, weit mehr, mir wie dir. Und darum ging es hier: das Nichts unsrer Tage, das galt es jetzt »fruchten« zu lassen, von Morgen bis Abend (oder auch Mitternacht?). Und ich wiederhole: die Idee war Licht. Die Idee ist Licht.

Das Schwarz des namenlosen Waldweihers. Die Schneewolken über dem Horizont der Ile de France. Der Geruch der Bleistifte. Das Ginkgoblatt auf dem Felsblock im Garten des »Cinema La Pagode«. Der Teppich im obersten Fenster des Bahnhofs von Vélizy. Eine Schule, eine Kinderbrille, ein Buch, eine Hand. Das Sausen an den Schläfen. Erstmals in diesem Winter das kräftige Krachen des Eises unter den Sohlen. Er bekam Augen für den besonderen Stoff des Lichtes in der Bahnunterführung. Lesen in der Hokke, nah am Gras. Beim Laubrechen plötzlich eine Schwade in der Nase wie die Essenz des zu Ende gehenden Jahres. Das Geräusch des Zuges, wenn er in der Station einfuhr, mußte »Pochen« heißen (nicht »Klopfen«). Und das letzte durch den Baum fallende Blatt »knisterte« nicht, es »schnalzte«. Und ein Unbekannter tauschte mit ihm unwillkürlich einen Gruß. Und wieder zog die Greisin ihren Korbwagen zum vorstädtischen Wochenmarkt. Und das übliche Nichtweiterwissen eines auswärtigen Autofahrers in der hiesigen Abgelegenheit. Und dann im Wald das Ergrünen des Weges, auf dem er einst, sooft es etwas zu bereden galt, mit seinem Vater gegangen war, und der in dessen Sprache sogar einen Namen hatte, *zelena pot*, eben der Grüne Weg. Und dann in der Bar bei der Dorfkirche der nächsten Vorstadt der Pensionist, dem die Uhrkette des Großvaters in einer geschwungenen Linie vom Bauch in die Hosentasche führte. Und er übersah für einmal den bösen Blick eines Alteingesessenen. Und die sprichwörtliche »Dankbarkeit für die Störung« (statt des Unwillens): für einmal gelang solche Verwandlung. Warum aber dann, mitten an dem vergnüglichen Nachmittag, die jähe Angst vor dem weiteren Tag, nichts als dem Tag? Als gäbe es für die bevorstehenden Stunden kein Durchkommen (»der Tag wird mit mir Schluß machen!«), keinen Ausweg mehr? Das Lehnen der Leiter im Vorwinterbaum – ja und? Das Blauen der Blumen tief im Gras des Bahndamms – ja und? Stocken, Bestürzung, ja eine Art von Grauen, und die heitere Stille verjagt von noch und noch Sprachlosigkeiten. Eden brennt. Und dagegen, oder für das Glücken des Tags, es zeigt sich jetzt wieder, gibt es kein Rezept. »O Morgen!«, der Ausruf, er wirkt nicht. Lesen zu Ende, Tag zu Ende? Im-Wort-Sein zu Ende, Tag zu Ende? Und solche Stummheit schließt auch jedes Beten aus, es sei denn ein so unmögliches wie »Morgene mich«, »frühe mich«, »fang mich neu an«. Wer wußte, ob nicht manche rätselhafte Selbstmorde insgeheim die Folge gerade so eines versuchten, mit einem herzhaften Aufschwung begonnenen und auf der vermeintlichen Ideal-Linie geschehenden Tagglückens waren? Aber mein Nichtbestehen des Tags, sagt es mir nicht andrerseits doch etwas? Daß ich eine falsche Ordnung in mir habe? Daß ich nicht gemacht bin für den ganzen Tag? Daß ich den Morgen nicht am Abend suchen darf? Oder doch?

Und er ließ es neu anfangen. Wie war der Tag im ganzen gewesen, als in ihm auf der Tangente des Vorortzugs hoch über dem großen Paris wieder die Idee vom geglückten Tag aufgelebt war? Was war vor jenem Erglühen, was kam danach? (»*Ausculta, o fili*, höre, o Sohn«, sagte der Engel in der Kirche am Bodensee, wo der Kalkstrich auf dem schwarzen Kiesel ihm Hogarths »Line of Beauty and Grace« nachgezeichnet hatte.) – Vorausgegangen war, so erinnerte er sich, eine Alptraumnacht, verbracht auf der Matratze in einem sonst vollkommen leeren Haus einer südlichen Pariser Vorstadt. Der Traum bestand in nichts als einem, so schien es, nachtlangen, reglosen Bild, wo er, bei gleichbleibendem Dämmerlicht und lautloser Luft, sich ausgesetzt fand auf einen himmelhohen nackten Felsen, allein und für den Rest des Lebens. Und was geschah, war einzig, und das unaufhörlich, Herzschlag um Herzschlag, das Weltverlassensein, bei der Erstarrtheit des Planeten ein um so heißerer Fiebersturm, im Herzen selbst. Aber mit dem Erwachen, endlich, war es, als habe gerade solch nachtlanges Fiebern ihm die Verlorenheit ausgebrannt, zunächst jedenfalls.

Über dem halbvertrockneten Garten blaute der Himmel, zum ersten Mal seit langem. Er behalf sich aus dem Schwindelgefühl mit einem Tanzschritt, »Tanz des Schwindligen«. Es wurde ihm grün vor den Augen: die Zypresse an der Gartenmauer. Im Zeichen der Trauer und dieses Grün begann er den Tag. »Was wäre ich ohne Garten?« dachte er. »Ich möchte nicht mehr sein ohne Garten.« Und immer noch war ein Schmerz in der Brust, ein Drache, der da fraß. Spatzen landeten im Gebüsch, wieder einmal die Vögel des rechten Moments. Er sah eine Leiter und wollte hinaufsteigen. Im Rinnstein schwamm das Richtscheit eines Maurers, und weiter hinten in der Straße schob die junge Briefträgerin ihr Rad mit der gelben Tasche. Statt »propriété privée, défense d'entrer« las er ». . . défense d'aimer«. Es war später Vormittag, und er ließ sich die Stille des Orts im Gehen durch die geöffneten Finger wehen. Schläfen, geblähte Segel. Er sollte heute noch einen Aufsatz über das Übersetzen beenden, und endlich hatte er auch ein Bild für so ein Tun: »Der Übersetzer spürte sich sacht am Ellbogen genommen.« Arbeit oder Liebe? Hin zur Arbeit, um die Liebe wiederzufinden. In der Nordafrikanerbar hob der Mann hinter der Theke gerade an: »O rage! O désespoir . . .«, und eine Frau sagte beim Hereinkommen: »Es riecht heute hier nicht nach Couscous, sondern Ragout«, worauf der Wirt antwortete: »Nein, das ist kein Ragout, das ist die Sonne, die zurück ist – merci pour le soleil.« Gib mir den Tag, gib mich dem Tag. Nach einer weiten Busfahrt durch die südlichen und dann schon westlichen Vorstädte, und einem Gehen durch die Wälder von Clamart und Meudon, an einem Tisch im Freien, am Ufer eines Waldteichs, das Fertigschreiben der Skizze vom Übersetzen, wobei er sich mit dem letzten Satz zugleich von diesem lossagte: »Nicht der sichere gesenkte Blick auf das Vorhandene, das Buch, sondern der in Augenhöhe, ins Unsichere!« Es war, als röteten sich die Erdbeeren am Wegrand im Zusehen. »Der Wind übernahm ihn.« In den Sinn kam ihm der Rabe, der in seinen Traum der Verlassenheit hineingebrüllt hatte »wie eine Panzerfaust«. Am Teich des nächsten Walds aß er ein Sandwich auf der Terrasse der Anglerbar. Ein sehr feiner Regen fiel, in Spindelform, so als freue er sich selber an dem Ereignis. Und dann, mitten am Nachmittag, eben jene Zugfahrt außen oben um Paris herum, erst nach Osten, danach im Bogen nach Norden und zurück in den Bogen ostwärts – so daß er an einem einzigen Tag fast die ganze Weltstadt umkreiste –, wo die Idee vom geglückten Tag wiederkehrte, nein, »wiederkehrte« war nicht das richtige Wort, es mußte heißen »sich verwandelte«: wo die Idee vom geglückten Tag sich ihm verwandelte von einer Lebens- in eine Schreibidee. Das Herz, das zugleich immer noch schmerzte von der Alpnacht, wurde weit wie der Anblick zu Füßen der »Seine-Höhen« (nachfühlbar auf einmal der Name des

Departements). Illusion? Nein, das eigentliche Lebenselement. Und dann? Jetzt, ein halbes Jahr später, im Vorwinter, erinnerte er sich, wie nach dem überhellen Licht jenes einen »Augenwurfs« der dunkle, unterirdische Streckenteil bei La Défense ihm geradezu willkommen gewesen war. Beschwingt ließ er sich in der Wandelhalle, die im Französischen, wörtlich übersetzt, »Saal der verlorenen Schritte« hieß, der Gare Saint-Lazare von der Feierabendmenge stoßen und rempeln – er hatte in der Tat ein Gefühl von Feierabend. Im Büro von American Express bei der Oper versorgte er sich mit so viel Bargeld wie nur möglich und wartete zuvor in der langen Schlange mit einer seltenen, ihm nicht ganz geheuren Geduld. Er staunte über die Größe und Leere der Büro-Toilette und blieb dort über die Zeit, sich um und um schauend, als gebe es selbst an einem solchen Ort etwas zu entdecken. Als Teil der Menge stand er vor dem Fernseher einer Bar der rue St. Denis, wo gerade ein Spiel der

Fußball-Weltmeisterschaft lief, und jetzt entsann er sich doch seines Unbehagens, daß es ihm nicht recht gelungen war, jeden Seitenblick auf die bis in die Tiefe der Hausflure und Hinterhöfe gestaffelten Frauen der Straße zu vermeiden – so als gehöre zu einem derartigen Tag auch das Übersehenkönnen. Und dann? Es schien, er habe alles Weitere aus dem Bewußtsein verloren, bis auf den einen Moment später am Abend, da er, mit einem Kind auf den Knien, an einer Art Schülerpult hier und da ein Wort an seiner Skizze zum Übersetzen ausbesserte – im Gedächtnis ein eigentümliches Bild von beidhändigem Jonglieren –, und auf die Stunde der Nacht, als ich, in einem Gartenlokal, mit deinem Gegenüber unabsichtlich ins Erzählen geriet, und dieses als ein sanftestmögliches Öffnen oder Aufbrechen von dir andrer, mit mir selbst, wirkte. Bezeichnet blieb der Tag, seinerzeit wie jetzt, von jener gewaltigen S-Kurve des Zugs, zu sehen nur aus der Vogelperspektive, gespürt aber im ganz-Innern, als der schönste aller Mäander, parallel, nur viel weiter ausschwingend, zu dem der Seine in der Tiefe, wiedergefunden einen Monat später an Hogarths Palettenfurche in einem stillen Winkel der Tate Gallery, und einen weiteren Monat danach in der weißen Ader des Kiesels am Ufer des herbststürmischen Bodensees, im Augenblick jetzt in eine Richtung laufend mit den Bleistiften hier auf dem Tisch: das ist jenes Tages bleibender Umriß. Und seine Farbe ist das Helldunkel. Und sein Beiwort, wie das der Idee, die er mir gab, ist mit Recht einmal das »phantastisch«, und sein Hauptwort, nach der nächtlichen Ausgesetztheit allein, das »Mit«.

Also war dein Tag der Idee, einen Versuch über den geglückten Tag zu schreiben, selber dieser geglückte Tag?

Damals war es vor dem Sommer, über dem Garten flogen, »so hoch!«, die Schwalben, ich teilte die Lust einer jungen Frau am Nachziehen der geschwungenen Krempe eines Strohhuts, das Pfingstfest wurde lebendig im Nachtwind des Vororts, der Kirschbaum stand fruchtrot an den Schienen, der tagtägliche Garten bekam den Namen »Garten der gewonnenen Schritte« – und jetzt war es Winter, wie er sich zum Beispiel zeigte auf der gestern, zu meiner Vergewisserung, wiederholten Fahrtkurve, am Bahngeländer als das graue Blühen der Waldrebenbäusche vor dem nebelgespinstigen Eiffelturm, das Vorbeiflitzen der Schneebeeren an den fernen Türmen von La Défense, das Vorbeizucken der Akaziendornen an dem nur ahnbaren diesigen Weiß der Kuppeln von Sacré-Cœur.

Noch einmal: War jener Tag demnach ein geglückter?

Keine Antwort.

Ich glaube, nein, ich weiß es, kraft der Phantasie: Wieviel mehr wäre mit dem Tag zu machen, mit nichts als dem Tag. Und jetzt, in meinem Leben, in deinem, in unsrer beider Epoche, ist sein Moment. (»We lost our momentum«, sagte der Kapitän einer Baseballmannschaft, die schon daran gewesen war, ihr Spiel zu gewinnen.) Der Tag steht in meiner Macht, für meine Zeit. Wenn ich es nicht jetzt mit dem Tag versuche, dann habe ich seine Möglichkeit auf Dauer verspielt, erkenne ich doch, immer öfter, und mit immer größerem Zorn, gegen mich selber, wie mit der vorrückenden Zeit mehr und mehr Augenblicke meiner Tage mir etwas sagen, wie ich aber weniger und weniger von ihnen fasse und, vor allem, würdige. Ich bin, ich muß es wiederholen, empört über mich, daß ich unfähig bin, das Licht des Morgens am Horizont, welches mich gerade noch hat aufblikken und zur Ruhe kommen lassen (*in* die Ruhe kommen, steht beim Briefschreiber Paulus), zu halten, daß das Blau des Heidekrauts auf dem Lesetisch, zu Beginn der Lektüre noch das Zeichen des Mittelgrunds, ein paar Seiten später bereits ein wirrer Fleck im Nirgendwo ist, und daß bei Einbruch der Dämmerung die stille Gestalt der Amsel im Gartenstrauch, eben noch »der Umriß der Abendinsel nach dem Tag auf dem offenen Meer«, ein Uhrticken später schon nichts mehr ist – bedeutungslos, vergessen, verraten. Ja, so ist es: Ich sehe mich mit den Jahren – und um so reicher mich die Augenblicke anmuten, desto heftiger zum Himmel schreiend – als einen Verräter an meinem Tag, Tag um Tag. Tagvergessen, weltvergessen. Immer neu nehme ich mir vor, dem Tag, mit der Hilfe, an der Hand jener Augenblikke treuzubleiben – »maintenant«, handhaltend, so ist dein Wort für »jetzt« –, indem ich sie erfassen möchte, bedenken, bewahren, und täglich, kaum habe ich mich von ihnen abgewendet, sind sie mir, buchstäblich, entfallen, wie zur Strafe für mein Sie-Verleugnen, welches allein schon darin bestand, mich von ihnen abzuwenden. Immer weniger der dabei immer zahlreicheren vielsagenden Momente des Tages, ja, das ist der Ausdruck, *zeitigen* mir etwas. Der Moment der Kinderstimmen heute früh im Hohlweg: er hat nichts gezeitigt, er wirkt jetzt am Nachmittag, bei landeinwärts ziehenden schneeigen Wolken, nicht nach – und war mir der Winterwald von ihnen doch »verjüngt« erschienen . . . Und ist demnach die Zeit für meinen Versuch des geglückten Tags nicht vorbei? Habe ich den Moment verpaßt? Hätte dafür »früher aufstehen sollen«? Und es entspräche der Idee solch eines Tags, statt eines Versuchs, eher die Psalmenform, ein wohl im voraus vergebliches Flehen? Tag, zeitige mir etwas, mehr, alles an dir. Zeitige mir das Ticken der Weidenblattlanzen beim Durch-die-Luft-Fallen, den linkshändigen Schalterbeamten, der, in sein Buch vertieft, mich wieder einmal auf den Fahrschein warten läßt, die Sonne auf der Türklinke – zeitige mich. Ich selber bin mein

Feind geworden, zerstöre mir das Licht des Tags; zerstöre mir die Liebe; zerstöre mir das Buch. Je öfter inzwischen meine Einzelmomente erklingen als reine Selbstlaute – »Selbstlaut«: noch ein anderes Wort für solch einen Augenblick –, um so seltener finde ich dazu den Konsonanten, mit dem sie mir durch den Tag weiterschwingen. Der Schein am Ende des Sandwegs zum namenlosen Weiher: Ah!, und gleich danach verklungen, wie nie gewesen. Göttliches, oder du, jenes »Mehr als ich«, das einst »durch die Propheten« sprach und danach »durch den Sohn«, sprichst du auch in der Gegenwart, pur durch den Tag? Und warum kann ich, was so durch den Tag spricht und, ich glaube es kraft der Phantasie, ich weiß es, mit jedem Moment neu anhebt zu sprechen, nicht halten, nicht fassen, nicht weitergeben? »Der ist, und der war, und der sein wird«: Warum läßt sich das nicht, wie seinerzeit von »dem Gott«, von meinem heutigen Tag sagen?

An dem geglückten Tag – Versuch einer Chronik desselben – lagen die Taukügelchen auf einer Rabenfeder. Wie üblich, stand die alte Frau, wenn auch eine andre als gestern, im Zeitungsgeschäft, den Einkauf längst schon getan, und sprach sich aus. Die Leiter im Garten, Inbild des Aus-sich-Heraussteigen-Sollens, hatte sieben Sprossen. Der Sand auf den Lastern der Vorstadt zeigte die Farbe der Fassade von St. Germain-des-Prés. Das Kinn einer jungen Leserin berührte sich mit dem Hals. Ein Blechkübel nahm seine Form an. Eine Briefkastensäule wurde gelb. Die Marktfrau schrieb ihre Rechnung in den Handteller hinein. An dem geglückten Tag geschieht es, daß ein Zigarettenstummel im Rinnstein rollt, ebenso wie eine Tasse auf einem Baumstumpf raucht und in der finsteren Kirche eine Stuhlreihe hell von der Sonne ist. Es geschieht, daß die paar Männer im Café, selbst der Schreihals, für einen langen Augenblick miteinander schweigen, und daß der Ortsfremde mit ihnen mitschweigt.

Es geschieht, daß das geschärfte Gehör für meine Arbeit mich zugleich öffnet für die Geräusche meiner Umgebung. Es geschieht, daß dein eines Auge kleiner ist als das andre, daß über den Waldstrauch die Amsel springt, und daß ich beim Sichheben der untersten Äste das Wort »Aufwind« denke. Es geschieht zuletzt sogar, daß nichts geschieht. An dem geglückten Tag wird eine Gewohnheit ausbleiben, wird eine Meinung verschwinden, werde ich überrascht sein, von ihm, von dir, von mir selbst. Und neben dem »Mit« wird noch ein zweites Hauptwort regieren, das »Und«. Im Haus werde ich einen bis dahin übersehenen Winkel entdekken, in dem »man ja wohnen kann!« Beim Einbiegen in eine Seitenstraße wird »Wo bin ich? Hier bin ich noch nie gewesen!« ein unerhörter Moment sein, ebenso wie angesichts der helldunklen Zwischenräume in einer Hecke sich das Pioniergefühl »Neue Welt!« einstellen wird und auf einem kleinen Wegstück über das übliche hinaus beim Blick zurück der Ausruf kommen wird »Das habe ich noch nie gesehen!« Deine Ruhe wird zugleich, wie manchmal bei einem Kind, ein Staunen sein. An dem geglückten Tag werde ich rein sein Medium gewesen sein, schlicht mit dem Tag mitgegangen sein, mich von der Sonne haben bescheinen, vom Wind anwehen, vom Regen anregnen lassen, mein Zeitwort wird »gewährenlassen« gewesen sein. Dein Inneres wird ebenso vielfältig geworden sein wie im Lauf dieses Tages die Außenwelt, und das Beiwort des Odysseus, der »Vielherumgetriebene«, wirst du am Ende des Tags dir übersetzt haben in den »Vielfältigen«, und von solcher Vielfalt wird es in dir getanzt haben. An dem geglückten Tag hätte der Held über seine Mißgeschicke »lachen« können (oder zumindest bei dem dritten zu lachen angefangen). Er wäre in der Gesellschaft der Formen gewesen – auch nur der verschiedenen Blätter auf dem Boden. Sein Ich-Tag hätte sich geöffnet zum Welt-Tag. Jeder Ort hätte seinen Augenblick bekommen, und er hätte davon sagen können: »Das ist es.« Er hätte ein Einverständnis erreicht mit seiner Sterblichkeit (»keinmal verdarb dem Tag der Tod das Spiel«). Sein Beiwort zu allem wäre ein stetiges »Angesichts« gewesen, angesichts deiner, angesichts einer Rose, angesichts des Asphalts, und die Materie, oder die »Stofflichkeit«?, hätte ihm nach Schöpfung gerufen, noch und noch. Er hätte freudig getan und fröhlich nichts getan, und zwischendurch hätte ihn eine Last auf dem Rücken mit Wärme versorgt. Für den Augenblick, für einen »Wurf des Auges«, wortlang, wäre er plötzlich du geworden. Und am Ende des Tags hätte dieser nach einem Buch gerufen – mehr als bloß einer Chronik: »Märchen des geglückten Tags«. Und ganz am Ende wäre noch das glorreiche Vergessen gekommen, daß der Tag zu glücken habe. . . .

Hast du schon einen geglückten Tag erlebt?

Jeder, den ich kenne, hat einen erlebt, in der Regel sogar viele. Dem einen genügte es, wenn ihm der Tag nur nicht zu lang wurde. Der andere sagte etwa: »Auf der Brücke stehen, den Himmel über mir. Am Morgen mit den Kindern gelacht, Schauen. Nichts Besonderes, Schauen bringt Glück.« Und für den dritten bedeutete bereits die Vorstadtstraße, durch die er gerade gegangen war, mit den Regentropfen, die draußen, an dem Riesenschlüssel der Schlosserei, hingen, mit dem Sieden des Bambus in einem Vorgarten, mit der Dreizahl der Schalen von Mandarinen, Trauben, geschälten Kartoffeln außen auf einem Küchensims, mit dem Taxi, das wieder vor dem Haus des Chauffeurs parkte, solch einen »geglückten Tag«. Jenem Priester, dessen häufigstes Wort »Sehnsucht« war, galt ein Tag mit dem Moment als geglückt, da er eine Stimme hörte, die freundlich war. Und hatte nicht auch er selbst immer wieder nach einer Stunde, in der nichts sich ereignet hatte, als daß ein Vogel sich drehte an einem Ast, ein weißer Ball in einem Gebüsch lag und die Schüler auf dem Bahnsteig in der Sonne saßen, unwillkürlich gedacht: »Das war jetzt schon der ganze Tag«? Und kamen ihm nicht oft, wenn er sich am Abend den vergangenen Tag ins Gedächtnis rief – ja, es war eine Art Rufen –, als Namen dafür in der Regel die Dinge oder Orte eines bloßen Augenblicks in den Sinn: »Das war der Tag, an dem der Mann mit dem Kinderwagen durch die Laubhaufen kurvte«, »das war der Tag, an dem die Geldscheine des Gärtners vermischt waren mit Halmen und Blättern«, »das war der Tag des leeren Cafés, wo mit dem Brummen der Kühlung das Licht umsprang . . .« Warum sich also nicht begnügen mit der geglückten einzelnen Stunde? Warum nicht kurzweg den Augenblick zum Tag erklären?

Ungarettis Gedicht »Ich erleuchte mich/Mit dem Unermeßlichen« hat den Titel »Morgen«: Könnten die beiden Zeilen auch vom

»Nachmittag« handeln? Haben dir tatsächlich erfüllter Augenblick oder erfüllte Stunde gereicht, am Ende die ewige Frage zu unterlassen, ob du auch mit diesem Tag wieder einmal versagt hast? Unmöglicher Versuch des geglückten Tags – warum bescheiden wir uns nicht mit dem »des nicht völlig mißglückten«? Und gäbe es deinen geglückten Tag – war denn die Phantasie, so reich und wunderbar er auch in ihr schwirrte, nicht begleitet von der seltsamen Angst wie vor einem fremden Planeten, und dein üblich mißglückter Tag schien dir da Teil des Planeten Erde, als eine Art, mag sein verhaßter, Heimat? So als sei hier nichts zu glücken; und wenn, in der Grazie? in der Gnade? in der Grazie *und* der Gnade?, einmal doch – hätte das heutzutage nicht etwas Ungehöriges, Unverdientes, geschafft vielleicht gar auf Kosten eines andern? Warum kommt mir bei »geglückter Tag« jetzt der sterbende Großvater in den Sinn, der in seinen letzten Tagen nur noch mit den Fingern über die

Kammerwand kratzte, von Stunde zu Stunde tiefer unten? Ein einzelnes Glücken, bei dem ständigen allgemeinen Scheitern und Verlorengehen, was zählt es?

Nicht nichts.

Der Tag, von dem ich sagen kann, daß er »ein Tag« war, und der Tag, an dem ich mich bloß so fristete. In der Rabenfrühe. Wie haben es die Leute bis jetzt nur geschafft, mit ihren Tagen? Wie kam es, daß in den alten Erzählungen für »Viele Tage vergingen« so oft steht: »Viele Tage erfüllten sich«? Verräter am Tag: mein eigenes Herz – es verjagt mich aus dem Tag, klopft, hämmert mich aus ihm heraus, Jäger und Gejagtes in einem. Ruhig! Weg mit den Hintergedanken. Das Laub in den Gartenschuhen. Ausscheren aus dem Denkdrehkäfig, schweigen. Sich bükken unter dem Apfelbaum, in die Hocke gehen. Der Leser in der Hocke. In Kniehöhe schließen sich ihm die Dinge zusammen zu einer Umgebung. Und er macht sich gefaßt auf die tägliche Verletzung. Spreizen der Zehen. »Die sieben Tage des Gartens«, so sollte die ungeschriebene Folge des »Don Quijote« heißen. Im Garten sein, auf der Erde sein. Der Gang der Erdrotation ist unstet, so daß die Tage verschieden lang sind, vor allem je nach dem Widerstand gegen die Winde an den Gebirgszügen. Das Glücken des Tags und das Lassen; und das Lassen als Tun: Er ließ vor dem Fenster den Nebel ziehen, er ließ hinter dem Haus das Gras wehen. Auch jenes Von-der-Sonne-sich-bescheinen-Lassen war eine Tätigkeit: jetzt lasse ich sie mir die Stirn wärmen, jetzt die Augäpfel, jetzt die Knie – und Zeit für die Pelztierwärme dann zwischen den Schulterblättern! Kopf der Sonnenblume, der nichts tut, als dem Licht des Tags nachzugehen. Vergleiche den geglückten Tag mit dem Tag Hiobs. Statt »den Augenblick würdigen« sollte es richtiger heißen »beherzigen«. Der Lauf des Tags, gerade mit seinen Engen, bewußtgemacht – ist das nicht schon eine Art von Verwandlung? –, kann mir, wie nichts sonst, bedeuten, *wie ich bin!* Innehalten in deiner ewigen Unruhe, und es kommt zur Ruhe auf der Flucht. Und indem es zur Ruhe kam auf der Flucht, kam es zum Hören. Hörend bin ich auf der Höhe. Ja, »hoch im Ohr« durchdringt das Geschwirr eines Spatzen den Lärm. Das Auftreffen eines Blatts auf der fernen Horizontlinie, vollkommen lautlos, vernehme ich zuinnerst als Klingeln. Horchen: so wie die Schloßknacker mit ihren Dietrichen auf das Aufschnappen des Schlosses horchen. Der vom Flug verlangsamte Dreisprung der Amsel über die Hecke summt mir jetzt eine Melodie vor. Ebenso gab es welche, die beim Lesen eines Buchs ins Summen gerieten. (Vom Zeitungsleser konnte man sich höchstens ein Pfeifen, durch die Zähne, vorstellen.) »Träg seid ihr geworden im Gehör«, wetterte der eifervolle Paulus in einem Gemeindebrief, und in einem andern: »Ganz unnütz ist das Wortkämpfen, eine Katastrophe den Hörenden.« Der reine Ton: gelänge mir doch einmal taglang der reine Ton! Noch mehr zu beherzigen als das Hören wäre aber vielleicht das pure Anwesendsein, so wie es von der letzten Frau Picassos zum Beispiel hieß, sie habe nichts getan, als in seinem Atelier »anwesend« zu sein? Geglückter Tag, schwerer Tag! Beim Rechen des Gartenlaubs auf einmal das Hervorleuchten, aus dem bräunlichen Blätterschwall, kerzenlichtgelb, eines Hahnenfuß. Dunkeln der Farben, Hellwerden der Form. In der noch froststarren Schattenecke höre ich mich jetzt gehen wie damals auf Schilf. Beim Aufblick wölbt sich der Himmel. Was hieß »Schneewolke«? Weiße Fülle, mit einem Blaustich darin. Haselnüsse klicken aneinander im Handteller, drei. Im Griechischen hatte es einst ein Wort gegeben für das »Ich bin«, das nichts als ein langgezogenes O war, und zu finden war es etwa in dem Satz: »Solange ich in der Welt bin, bin ich das Licht der Welt.« Und das

Wort für das, was da gerade durch die Zypresse ging, war »Lichtwelle«. Schauen und weiterschauen mit den Augen des richtigen Worts. Und es begann zu schneien. Es schneit! Il neige! Schweigen. Es schwieg. Er schwieg im Zeichen der Toten. Nicht »Er (sie) hat das Zeitliche gesegnet« mußte es heißen, vielmehr: »Er, sie, die Gestorbenen, segnen mir das Zeitliche, wenn ich sie nur lasse!« Und zugleich das Stammelnwollen: er wollte stammeln. In den Vororten sei alles so »einzeln« (Wort eines Vorortgehers). Das einbeinige Stehen des Müllmanns hinten auf dem Wagen. Die regelmäßigen Kuppen auf den Straßen hatten den Namen »Verlangsamer«. Vielleicht gab so eine Tagesspanne gar kein weiterreichendes Muster, war bloß für sich ein Muster – das erfreute? Ich steige mit dem Dachdecker zur Mittagspause vom First die Latten hinab. Hätte ich nicht einmal den ganzen Tag im Haus bleiben sollen, nichts tun als wohnen? Das Glücken des Tags mit purem Wohnen? Wohnen: sitzen, lesen, aufschauen, in Nichtsnutzigkeit prangen. Was hast du heute getan? Ich habe gehört. Was hast du gehört? O, das Haus. Ah, unter dem Zelt des Buchs. Und warum gehst du jetzt aus dem Haus, wo du doch, mit dem Buch, am Platz warst? Um das Gelesene zu beherzigen, im Freien. Und siehe den Winkel im Haus, welcher Aufbruch heißt: ein kleiner Koffer, ein Dictionnaire, die Schuhe. Das Läuten der Glocken wieder im Turm der dörflichen Kirche: ihre Tonhöhe entspricht genau dem Mittag jetzt, und in der finsteren Luke ist von ihnen nur ein Schwirren zu sehen, wie von Radspeichen. Tief in der Erdkugel ereignen sich manchmal Beben, die sogenannten »langsamen«, von denen der Planet dann, wie man sagt, noch eine Weile nachläutete; die »Glockenbewegung«, das Läuten der Erde. Die Silhouetten eines Mannes und eines Schultaschenkinds schaukeln in dem Bahnunterweg, als ritte da ein Mann auf einem Esel. Wieder einmal Goethes Spruch war es, daß das Leben kurz sei, der Tag aber lang, und gab es nicht auch von Marilyn Monroe ein Lied, wo sie sang: »One day too long, one life too short . . .«, aber auch: »Morning becomes evening under my body«? Die rasche Ellipse, welche die letzten Platanenblätter im Fallen beschreiben: sie soll jetzt die Linie geben für das Sichneigen meines versuchten geglückten Tags – Abkürzung! Hogarths »Line of beauty« ist in Wahrheit nicht eingegraben in die Palette, vielmehr darübergespannt wie ein geschweiftes Seil, oder eine Peitschenschnur. Der geglückte Tag und die Bündigkeit. (Und daneben das Hinauszögernwollen des Endes – als könnte ich, gerade ich selber, mit jedem zusätzlichen Tag mehr vom Versuch lernen.) Der geglückte Tag und das fröhliche Warten. Der geglückte Tag und das entdeckerische Sichverirren. Stilleben des Morgens – Wirrwarr des Nachmittags: bloß ein Scheingesetz? Laß dich nicht regieren von solchen täglichen Scheingesetzen! Und noch einmal Paulus: Bei ihm ist »der Tag« der Tag des Gerichts – und bei dir? Der Tag des Maßes; nicht richten wird er dich, sondern messen; du bist sein Volk. Wer spricht da zu wem? Ich spreche zu mir. Die nachmittägliche Rabenstille. Das Laufen der Kinder, immer noch, unter dem Wind. Und immer noch, hoch oben dort, da, pendeln dir die Platanenkugeln: »das Herz ist dabei« (aus dem Französischen). Und immer noch werde im Rauschen, etwa des welken Eichengestrüpps jetzt, ich du. Was wären wir ohne das Rauschen? Und welches Wort entspricht ihm? Das Ja (tonlos). Bleib bei uns, Rauschen. Mit dem Tag mitgehen – mit dem Tag gleichreden (Homologie). Was geschah mit jenem Tag in der Kurve hoch über ganz Paris, zwischen St. Cloud und Suresnes, etwa bei der Station Val d'Or? Er kam in die Schwebe. Das helldunkle Aufglänzen damals, beim Wenden der Schwalben im Sommerhimmel, und der Moment von Schwarzweißblau jetzt: die Elster und der Winterhimmel. Die S-Linie wieder, vor einigen Tagen, an Schulter, Nacken, Kopf des Evangelisten Johannes beim Letzten Abendmahl über der Pforte von St.-Germain-des-Prés, wie er mit dem ganzen Oberkörper da nächst seinem Herrn Jesus auf dem Tisch liegt – auch ihm, wie all den Steinfiguren, hat die Revolution das Gesicht weggeschlagen. Der geglückte Tag und das wiederum glorreiche Vergessen der Historie: statt dessen das Rautenmuster, das unendliche, der Menschenaugen, auf den Straßen, in den U-Bahn-Gängen, den Zügen. Das Grauen des Asphalts. Das Blauen des Abendhimmels. Zittrigkeit meines Tags, das Beständige? Setz deine Fußspur in den Schnee des Bahnsteigs neben die Vogelspur. Einmal kam ein schwerer Tag in die Schwebe, als ein einzelner Regentropfen mein innerstes Ohr traf. Die Schuhbürste auf der Holztreppe bei Sonnenuntergang. Ein Kind, das zum ersten Mal seinen Namen schreibt. Gehen bis zum ersten Stern. Nein, Van Morrison singt in seinem Lied nicht vom »Fischen«, in den Bergen, sondern, »out all day«, vom Vögel-Betrachten. Er läßt seine Zunge singen, und sein Lied, kaum angefangen, ist schon wieder zu Ende. Der Moment des schlammbespritzten Forstautos in der Reihe der sauberen anderen. Knarrend gehen die Türen des Waldes auf. Drehtür des geglückten Tags: Dinge wie Leute darin aufleuchtend als *Wesen*. Der geglückte Tag und das Ihn-Teilenwollen. Stetes, wildes Gerechtwerdensollen. O schwerer Tag! Geglückt? Oder »gerettet«? Unversehens, schon im Finstern, der Schub der Freude aufs Weitergehen. Und ein geändertes Wort – Wort-Korrektur, die für den Tag steht: »Schub« statt deines gewohnten »Ruck«. Einhalten im nächtlichen Gehen: der Weg lichtet sich – für einmal kannst du »mein« Weg sagen –, und Innewerden der Heimlichkeit, »siehe sie kommt mit den Wolken«, kommt mit dem Wind. Dreiklang des Käuzchens. Blaumoment des Boots in dem einen Waldteich, Schwarzmoment des Boots in dem nächsten. Zum ersten Mal in diesem Vorort, hinter den Seinehöhen, die das Licht von Paris abhalten, das Gewahrwerden des Orion, aufgeschwungen in die Winternacht, und darunter die parallelen Rauchsäulen aus den Schornsteinen, und darunter die Fünfzahl der Steinstufen, die hinauf zu einer Mauertür führen, und Ingrid Bergman, die in »Stromboli«, nach einer fast tödlichen Nacht auf den schwarzgerölligen Hängen des Vulkans zusammengebrochen, bei Sonnenaufgang zu sich kommt und nicht als Staunen wird über das Dasein: »Wie schön. Welche Schönheit!« Im Nachtbus 171 nach Versailles ein einziger Passagier, stehend. Die ausgebrannte Telefonzelle. Der Zusammenstoß zweier Autos an der Pointe de Chaville: aus dem einen springt ein Mensch mit einer Pistole. Die Fernseh-Schlaglichter in den Fensterfronten der Avenue Roger Salengro, wo die Häusernummern über 2000 gehen. Das Donnern der startenden Bomber vom Militärflughafen Villacoublay, gleich hinter dem Hügelwald, sich verdichtend von Tag zu Tag, mit dem heranrückenden Krieg.

– Und jetzt verlierst du zuletzt ganz die Linie. Heim zum Buch, zum Schreiben, zum Lesen. Zu den Urtexten, wo zum Beispiel gesagt wird: »Laß klingen das Wort, steh zu ihm – günstiger Moment oder ungünstiger.« Hast du schon einen geglückten Tag erlebt? Mit welchem geglückter Augenblick, geglücktes Leben, vielleicht sogar geglückte Ewigkeit für einmal zusammenfänden?
– Noch nie, selbstverständlich.
– Selbstverständlich?
– Und hätte ich dergleichen, auch nur annähernd, erlebt, so stelle ich mir vor, ich müßte für die folgende Nacht nicht bloß einen Alp befürchten, sondern den Todesschweiß.
– Also ist dein geglückter Tag nicht einmal eine Idee, nur Traum?
– Ja. Mit dem Unterschied, daß ich ihn nicht ge*habt* habe, sondern, in diesem Versuch

hier, ge*macht*. Siehe den so schwarz und klein gewordenen Radiergummi, siehe die Haufen vom Bleistiftholz unterm Fenster. Wendungen um Wendungen, im Leeren, für nichts und wieder nichts, an etwas Drittes, Unfaßbares, ohne das wir beide aber verloren sind. Immer wieder, in seinen Briefen nicht an die Gemeinden, sondern an die einzelnen, seine Helfer, schreibt der in Rom gefangene Paulus vom Winter: »Beeile dich, vor dem Winter zu kommen, lieber Timotheus. Und bring mir den Mantel mit, den ich in Troas bei Karpos gelassen habe . . .«
– Und wo ist der Mantel jetzt? Verlaß den Traum. Schau, wie der Schnee vorbeifällt an dem leeren Vogelnest. Auf zur Verwandlung.
– Zum nächsten Traum?

Inhalt

Bibliothek Suhrkamp

Verzeichnis der letzten Nummern

1238 Cesare Pavese, Der schöne Sommer
1239 Franz Kafka, Betrachtung
1240 Lawrence Durrell, Das Lächeln des Tao
1241 Bohumil Hrabal, Ein Heft ungeteilter Aufmerksamkeit
1242 Erhart Kästner, Die Lerchenschule
1243 Eduardo Mendoza, Das Jahr der Sintflut
1244 Karl Kraus, Die Sprache
1245 Annette Kolb, Daphne Herbst
1246 Giuseppe Tomasi di Lampedusa, Die Sirene
1247 Marieluise Fleißer, Die List
1248 Sadeq Hedayat, Die blinde Eule
1249 Olof Lagercrantz, Marcel Proust oder Vom Glück des Lesens
1250 Paul Celan, Schneepart
1251 György Dalos, Die Beschneidung
1252 René Depestre, Hadriana in all meinen Träumen
1253 Jurek Becker, Bronsteins Kinder
1254 Ryūnosuke Akutagawa, Das Leben eines Narren
1255 Cesare Pavese, Der Teufel auf den Hügeln
1256 Hans Magnus Enzensberger, Kiosk
1257 Paul Bowles, Zu fern der Heimat
1258 Adolfo Bioy Casares, Ein schwankender Champion
1259 Anna Maria Jokl, Essenzen
1261 Giuseppe Ungaretti, Das verheißene Land/La terra promessa
1262 Juan Carlos Onetti, Magda
1263 Hans Blumenberg, Schiffbruch mit Zuschauer
1264 Hermann Lenz, Die Augen eines Dieners
1265 Hans Erich Nossack, Um es kurz zu machen
1266 Joseph Brodsky, Haltestelle in der Wüste
1267 Mário de Sá-Carneiro, Lúcios Bekenntnis
1268 Gerhard Meier, Land der Winde
1269 Gershom Scholem, Judaica 6
1270 Rafael Alberti, Der verlorene Hain
1271 Bertolt Brecht, Furcht und Elend des III. Reiches
1272 Thomas Wolfe, Der verlorene Knabe
1273 E. M. Cioran, Leidenschaftlicher Leitfaden
1274 Bertolt Brecht, Flüchtlingsgespräche
1276 Samuel Joseph Agnon, Buch der Taten
1277 Volker Braun, Die unvollendete Geschichte und ihr Ende
1278 Jan Jacob Slauerhoff, Christus in Guadalajara
1279 Yasushi Inoue, Shirobamba
1280 Gertrud von le Fort, Das fremde Kind
1281 György Konrád, Heimkehr
1282 Peter Bichsel, Der Busant
1284 Carlos Fuentes, Der alte Gringo
1300 Peter Handke, Drei Versuche

Bibliothek Suhrkamp

Alphabetisches Verzeichnis